Klarant Verlag

Jan Olsen ist das neue Pseudonym eines seit 1991 in verschiedenen Genres erfolgreichen Schriftstellers. Jan ist mit einer Hebamme verheiratet, hat drei inzwischen erwachsene Kinder und darf sich seit Kurzem auch Großvater nennen. Als Kind des Nordens ist er der Nordsee mit all ihren rauen und lieblichen Facetten besonders zugetan und ließ kaum eine Ferienzeit verstreichen, ohne diese Gestade mit seiner Familie zu besuchen. Auch heute noch stehen Ferien an der Nordsee jedes Jahr auf dem Programm. Seine Vorliebe für die Nordsee und die dort lebenden Menschen kann er in seinen Ostfrieslandkrimis nun nach Herzenslust ausleben.

Jan Olsen

Die Leiche im Beifang

Ostfrieslandkrimi

Klarant Verlag

Kapitel 1

Jens Sören traf im Morgengrauen beim Greetsieler Hafen ein. Mit seinem Drahtesel radelte er die Rampe hinab und rollte schwungvoll den Pier entlang. Die Ferienhauptsaison neigte sich dem Ende zu, und so lag der Hafen um diese frühe Morgenstunde regelrecht verwaist da. Es hatte auch nur ein einziger Krabbenkutter am Kai festgemacht, der Rest der Flotte war gestern auf Fangfahrt aufs Meer hinausgefahren. Von dem verbliebenen Kutter schallten Hämmern und das Kreischen einer Flex herüber. Die Schlosser arbeiteten auf Hochtouren, um den beschädigten Motor des Bootes flottzukriegen, damit es wieder an den Fangfahrten teilnehmen konnte. Jeden Tag, den der Kutter im Hafen festlag, bedeutete für den Kapitän geschäftlichen Verlust.

Er trat in die Pedale, denn er sah, während er an dem noch geschlossenen Imbiss vorbeirollte, dass die *Greete 4* das Leyhörner Sieltief bereits hinter sich gelassen hatte und die Biegung in den Sielzufluss entlang tuckerte. Ein Schwarm Möwen umschwirrte die hochgestellten Netze des Kutters und lärmte. Das weiße Gefieder der Vögel leuchtete milchig hell im grauen Morgenlicht. Ihre quirlige Lebendigkeit wirkte im behäbigen Beginnen des neuen Tages ungeduldig und fordernd. Svenja, die Kapitänin der *Greete 4*, stand am Heck und wedelte mit einem Tuch, um die lästigen Vögel daran zu hindern, sich an ihrem Fang zu bedienen.

Endlich erreichte Jens den Bagger und den Traktor mit den beiden Anhängern, die er gestern Abend beim Verladebereich des Hafens abgestellt hatte, damit sie einsatzbereit waren, wenn die Kutter in der Früh in den Hafen zurückkehrten. Vorsorglich hatte Jens gleich zwei Anhänger an die Zugmaschine gekoppelt, denn erfahrungsgemäß würden an Tagen wie diesem einige Tonnen Beifang zusammenkommen, die es zu löschen galt.

Jens lehnte sein Rad an einen Laternenpfahl und stapfte auf den Bagger zu, der zwischen dem Treckergespann und der Kaimauer stand.

Vor knapp einer halben Stunde hatte das Klingeln seines Handys ihn aus unruhigem Schlaf gerissen. Kutterkapitänin Svenja war am Apparat gewesen und hatte ihm mitgeteilt, dass die *Greete 4* soeben die Schleuse Leysiel passierte. Das war für ihn das Startzeichen gewesen, aus den Federn zu kommen und sich schnell frisch zu machen. Ein harter Arbeitstag stand ihm bevor.

Die *Greete 4* glitt jetzt elegant an den Löschkai heran. Uwe, Svenjas jüngster Sohn, sprang an Land und machte den Kutter an den Dalben fest. »Moin!«, rief er frisch herüber. Dass eine anstrengende Fangfahrt hinter ihm lag, war dem jungen Burschen nicht anzusehen. Er wirkte euphorisch und zufrieden, wahrscheinlich, weil sie reichlich Fang gemacht hatten.

Jens erwiderte den Gruß und winkte Svenja dann lax zu. Es tröstete ihn ein wenig, zu sehen, wie abgekämpft die Kapitänin aussah, die etwa genauso alt war wie er. Ben, ihr ältester Sohn stand im Steuerhaus und schaute ernst, wie es seiner in sich gekehrten Art entsprach.

»Wir haben eine ziemliche Portion Gammel an Bord!«, rief Svenja herüber und ließ das Tuch noch einmal durch die Luft kreisen, woraufhin ein paar Möwen aufflogen. »Du wirst mit deinem Bagger also ordentlich schaufeln müssen!«

»Kann mir nur recht sein!«, gab Jens zurück. Er nannte den Beifang der Greetsieler Kutter lieber Futterkrabben, das klang weniger abwertend. Denn was die Fischer mit den Netzen an Bord holten und dann sortierten, war alles gleichermaßen verwertbar. Die großen Krabben wurden auf dem Kutter sofort als Speisegarnelen weiterverarbeitet, während die kleinen Krabben im Beifang landeten. Zum Beifang gehörten Krebse ebenso wie kleine Fische – aber eben auch Krabben, die für den kulinarischen Genuss als zu klein befunden wurden. Die Fischer nannten diese Winzlinge seit jeher Gammel, doch Jens, der aktiv daran beteiligt war, daraus Tierfutter herzustellen, bevorzugte für sich die Bezeichnung Futterkrabben.

Er schwang sich auf den Sitz des Baggers und startete den Motor. Anschließend schwenkte er den Gelenkarm vorsichtig herum und steuerte die Schaufel an den Aufbauten und Netzen der *Greete 4* vorbei auf den Beifang zu. Dieser Bereich war mit Holzbrettern abgetrennt und knietief mit Aussortiertem gefüllt. Jens versenkte die geöffneten Schaufelbacken tief in den sogenannten Gammel, und als er die nun geschlossene Schaufel emporzog, tropfte es zwischen den Ritzen hervor. Er schwenkte den Baggerarm herum und positionierte den Greifer über den letzten der beiden Anhänger, die an den Traktor gekoppelt waren. Die Möwen veranstalteten ein Heidenspektakel, und es rauschte und pladderte, als der Beifang aus den sich öffnenden Schaufeln auf die Ladefläche prasselte.

Ein Greifer fasste fünf Körbe, wie die Maßeinheit für den Beifang im Fachjargon der Fischer lautete. Ein Korb wiederum entsprach etwa ein Zentner, und in den Anhänger passten maximal sechs Tonnen. Die Futterkrabben brachten den Fischern einiges Geld ein; sie machten etwa sechzehn Prozent ihres Jahresumsatzes aus. Eine beachtliche Summe für etwas, das mit dem abschätzigen Namen Gammel bedacht worden war, fand Jens.

Das Führerhaus des Krans schwenkte mitsamt dem Ausleger erneut auf den Krabbenkutter zu. Dabei erhaschte Jens einen Blick in den Anhänger, in den er den Beifang gerade entleert hatte. Erschreckt zuckte er zusammen, als er den Arm eines Menschen aus den Futterkrabben ragen sah.

Augenblicklich stoppte er die Maschine, stieß die Baggertür auf und sprang hinaus.

»Was ist los?«, rief Svenja verwundert herüber. »Machst du jetzt etwa Frühstückspause?«

Die Frage war nicht ernst gemeint, und Jens überging sie geflissentlich. »Da liegt jemand in meinem Anhänger!«, rief er aufgebracht und erklomm die Seitenwand des Wagens, indem er kurzerhand auf das Hinterrad kletterte. Er schwang sich über die Bordwand und sprang ins Innere des Anhängers. Mit den Stiefeln voran landete er im Beifang.

»He, Sie da!«, rief Jens und stapfte auf die Gestalt zu, die unter Tausenden von winzigen Krabben, Krebsen und Fischlein begraben lag. Die Konturen des Körpers zeichneten sich vage unter der Ladung ab, die über den Unbekannten hereingebrochen war. Der rührte sich allerdings nicht und antwortete auch nicht auf sein Rufen.

Jens griff nach der Hand des emporragenden Arms, um dem Fremden auf die Beine zu helfen, der mit diesem Unfug seine Arbeitsabläufe empfindlich gestört hatte. Doch mit einem Schrei ließ er die Finger wieder los, denn sie fühlten sich erschreckend steif und eiskalt an.

Uwe hatte die Seitenwand des Anhängers nun ebenfalls erklommen und schaute über den Rand hinweg nach unten zu Jens. »Was ist mit dem?«, fragte er befremdet. »Schläft der in deinem Anhänger etwa seinen Rausch aus?«

Jens schüttelte beklommen den Kopf. »Der ist tot, mein Junge.« In seinen Arbeitshosen kniete er sich in den Beifang und begann die Krabben, die den Körper bedeckten, mit den Händen beiseitezuschaufeln. Als er das Gesicht freigelegt hatte, wich er erschreckt ein Stück zurück. Er blickte in das starre Antlitz eines Mannes. Die Augen waren weit geöffnet und blickten leer.

Benommen kam Jens auf die Beine. »In dem steckt genauso wenig Leben wie in den Krabben, die ihn begraben«, murmelte er rau.

»Der Mann ist tot – im Ernst?«, rief Uwe herunter. Die Worte hallten dumpf zwischen den Metallwänden des Anhängers wider.

Jens blickte zu Svenjas Sohn auf. »Wir müssen die Polizei verständigen.«

Uwe blies die Wangen auf. »Und was ist mit dem Gammel an Bord der *Greete 4*?« Er deutete den Sielzufluss hinauf. »Der nächste Kutter ist schon im Anmarsch. Es muss hier irgendwie weitergehen!«

»Immer ruhig Blut, Junge.« Jens kletterte die Bordwand hinauf. »Ein toter Mensch hat Vorrang vor toten Krabben. So viel ist schon mal sicher!«

Mit diesen Worten sprang er hinab auf den Pier, wischte die Hände an seiner Hose sauber und fischte das Handy aus seiner Jackentasche. Dann wählte er die Nummer der Greetsieler Polizeiwache.

*

Als Hauptkommissarin Ruth Fasan beim Löschkai eintraf, war ihr junger Kollege Kommissar Hagen Reese bereits vor Ort. Er winkte ihr zu, während sie mit dem Fahrrad den Deich hinabrollte. Eine frische Oktoberbrise griff in ihr schulterlanges, dunkles Haar und ließ die Locken lustig tanzen. Die Jeans und das Jackett lagen eng an ihrer schlanken Gestalt an, die erahnen ließ, dass Ruth sich diese durch gelegentliches Krafttraining angeeignet hatte. Mit ihren hellbraunen Augen und dem ausdrucksstarken Gesicht wirkte die knapp über fünfzig Jahre alte Hauptkommissarin auf interessante Weise herb-attraktiv. Sie war ein Großstadtmensch, den es nach Greetsiel verschlagen hatte und in der Krummhörn inzwischen heimisch geworden war. Dieser Habitus haftete ihr noch immer an, obwohl sie bereits einige Jahre in Greetsiel lebte.

»Moin«, grüßte Hagen seine Chefin, als das Rad vor ihm stoppte.

»Moin Hagen«, erwiderte Ruth gut gelaunt.

Der junge Kommissar war kräftig gebaut, hatte dunkelblondes Haar und graublaue Augen. Er war mit jeder Faser seines Körpers ein waschechter Ostfriese. Etwas hatte ihn heute Morgen offenbar aber verstimmt, denn seine Stirn war mürrisch gekraust. »Jens Sören, der Mann, der die Leiche entdeckt hat, hat den Anhänger mit dem Toten darin kurzerhand von seinem Treckerzug abgekoppelt und beiseitegeschoben«, berichtete er und deutete mit dem Daumen hinter sich auf den grasgrünen Anhänger, der einige Schritte entfernt auf dem Rasen stand, der sich zwischen Kaianlage und Deich erstreckte. »Damit die Möwen ferngehalten werden, hat er vorsorglich eine Plane über den Kastenaufbau gespannt.« Er zuckte mürrisch mit den Schultern. »Mir wäre es lieber gewesen, er hätte alles so belassen, wie er es vorgefunden hatte.«

Ruth nickte beiläufig und schob ihr Rad an einen Laternenpfahl heran, an dem bereits ein Drahtesel lehnte. Sie platzierte ihr Gefährt auf die andere Seite und schaute dann zum Anleger hinüber. Ein rot gestrichener Krabbenkutter hatte am Verladebereich festgemacht. Ein Bagger griff mit seiner Schaufel in einen undefinierbaren Haufen an Bord des Kutters, schwenkte dann mit der triefenden Ladung herum und ließ sie in einen Anhänger prasseln, der an einen Traktor gekoppelt war. Möwen flogen auf und nieder und versuchten, einen Happen von dem zu ergaunern, was in den Anhänger verladen wurde. Ein stark fischiger Geruch wehte zu der Hauptkommissarin herüber.

»Gammel«, rief Hagen seiner Chefin über dem Lärm des Baggers hinweg zu. »So nennen die Fischer den Beifang, bei dem es sich in diesem Fall hauptsächlich um Krabben handelt, die für den menschlichen Verzehr zu klein sind.«

Ruth verzog mit schwer zu deutender Miene den Mund. »Menschlicher Verzehr«, wiederholte sie Hagens Worte.

»Den Gammel kriegen die Tiere«, erläuterte Hagen daraufhin. »Zumeist wird Futter für Zierfische daraus gemacht.« Erneut deutete er zum abgestellten Anhänger hinüber. »Der Abholer bringt die Ladung zur Darre. Dort wird der Gammel zuerst gekocht und dann getrocknet.«

Ruth schritt langsam auf den beiseitegestellten Anhänger zu. Es war ein zweiachsiger Kipper, der einiges fassen konnte und mit entsprechend hohen Bordwänden ausgestattet war. Über die Öffnung spannte sich eine rote Rollplane. Die hintere Klappe stand offen und gab den Blick in den schattigen Hohlraum des Anhängers frei.

»Ich habe bereits einen Blick auf die leblose Person geworfen.«
Hagen zuckte erneut mit den Schultern. »Der Mann ist zweifelsfrei
tot.« Er deutete auf Ruths Füße. »Sie werden sich Ihr Schuhwerk
ruinieren, wenn Sie da gleich reinsteigen«, prognostizierte er.

Mit einem süffisanten Lächeln zog Ruth ein Paar Überstreifer aus
Plastik und Einmalhandschuhe aus ihrem Jackett. »Ich bin stets für
alle Eventualitäten ausgerüstet.«

Hagen sah mit bedauernder Miene auf seine ledernen Halbschuhe
herab. Sie schimmerten feucht und ein paar winzige Krabbenschalen
und Fühler klebten daran. »An Handschuhe habe ich gedacht …
aber …«

Ruth streifte sich den Schutz über und erklomm schwungvoll die
Landefläche. Aufrecht stehen konnte sie wegen der alles über-
deckenden Plane nicht. Außerdem musste sie die Taschen-
lampenfunktion ihres Smartphones einschalten, um im Halbdunkel
besser sehen zu können. »Haben Sie, außer dem Ableben des
Mannes, noch etwas anderes feststellen können?«, fragte sie und
bewegte sich geduckt auf den Mann zu, der auf dem Rücken in der
Mitte der Ladefläche lag. Der Körper war teilweise mit Beifang
bedeckt und ringsum davon umgeben.

»Ich habe alles so belassen, wie Herr Sören es uns hinterlassen hat«,
erläuterte Hagen ein wenig umständlich. »Ich wollte lieber auf Sie
warten.« Hagen verweilte vor der heruntergelassenen Klappe und
beobachtete das Vorgehen seiner Chefin zurückhaltend. Offenbar
hatte er nicht vor, erneut in den Anhänger zu klettern. »Es besteht
meines Erachtens kein Zweifel daran, dass der Mann bereits tot war,
als der Gammel auf ihn herabregnete.«

Ruth nickte beiläufig und ging neben der Leiche in die Hocke.
»Dieser Kipper war bis auf den Toten also leer, bevor Herr Sören
eine Schaufel voll Beifang hineinfallen ließ«, resümierte sie, als
wollte sie diese Tatsache, von der Hagen ihr am Telefon bereits
berichtet hatte, für sich noch einmal bestätigen. Hagen hatte in der
Nacht Bereitschaftsdienst gehabt und sich in Greetsiel bei seiner
Freundin, der Hebamme Dünya Hennings, aufgehalten. Aus diesem
Grund war der frühmorgendliche Notruf automatisch an sein Handy
weitergeleitet worden.

»Die Ladung Gammel hat wahrscheinlich alle Spuren zerstört, die
dieser Mann in dem Anhänger womöglich hinterlassen hat«, sagte

Hagen. »Wie er zu Tode kam, wird wahrscheinlich erst bei einer gerichtsmedizinischen Untersuchung festgestellt werden können.«

»Er ist erstochen worden«, sagte Ruth. Sie hatte den Oberkörper des Toten vollständig vom Beifang befreit und legte jetzt den behandschuhten Finger auf seine linke Brust. Dort zeichnete sich ein handtellergroßer Blutfleck ab, der zuvor verdeckt gewesen war. »Hier ist ein Einstich.« Ihre Worte hallten dumpf im Hohlraum des Anhängers nach. »Er ist sehr schmal; das Hemd weißt nur einen dünnen Schlitz auf.« Behutsam knöpfte sie das Kleidungsstück auf und legte die Oberkörper frei. Sie nickte langsam. »Das Messer wird das Herz verletzt und den Tod herbeigeführt haben«, mutmaßte sie.

»Also Mord«, sagte Hagen und enterte den Anhänger nun doch. Die Sache begann für ihn interessant zu werden. Er war davon ausgegangen, dass der Mann einen Herzinfarkt erlitten hatte, nachdem er volltrunken in den Anhänger geklettert war. Aber nun sah die Angelegenheit plötzlich ganz anders aus.

»Ich tippe auf ein Stilett als Tatwaffe«, sagte Ruth, während sie begann, die Taschen des Opfers zu durchsuchen.

Hagen blickte um sich und verzog das Gesicht. »Die Waffe könnte hier irgendwo unter dem Gammel liegen.«

»Lassen Sie das«, wies Ruth ihn an, als er Anstalten machte, mit den Schuhen im Beifang herumzuscharren, wohl in der Hoffnung, dabei zufällig auf die Tatwaffe zu stoßen. »Wir überlassen unseren Kollegen der Spurensicherung das Feld. Es ist bereits zu viel verändert worden. Wenn wir jetzt auch noch im Trüben herumstochern, zerstören wir womöglich das bisschen an Spuren, das geblieben ist.«

Sie hob den rechten Unterarm der Leiche an. Geronnenes Blut klebte auf der Handfläche, und der Ringfinger fehlte vom unteren Gelenk an. Diese Verstümmelung musste der Mann bereits vor etlichen Jahren erlitten haben, denn der Stumpf war vollständig vernarbt und verheilt. Sie erhob sich. »Der Mann hat nichts bei sich, womit wir ihn identifizieren könnten.« Sie warf Hagen einen fragenden Blick zu. »Er ist Ihnen nicht zufällig bekannt?«

Hagen schüttelte den Kopf. »Er könnte ein Tourist sein.«

Ruth schoss mit dem Handy ein Foto vom Gesicht des Toten. Die Wangen wirkten füllig und hätten das rundliche Antlitz gemütlich aussehen lassen, wenn der Tod es nicht so sehr verunstaltet hätte.

Ruth wandte sich ab und bedeutete Hagen mit einem Wink, den Anhänger zu verlassen. »Wir gehen jetzt rüber zu Herrn Sören und befragen ihn«, bestimmte sie. »Zuvor schließen wir aber die Klappe, damit keine Möwen in den Anhänger fliegen.«

*

Jens Sören griff mit dem Baggerarm am Heck des Krabbenkutters vorbei, den er soeben vom Beifang befreit hatte, und tauchte den offenen Greifer tief ins Wasser des Hafenbeckens. Als er die geschlossenen Schaufelbacken hervorzog, sprudelten Wasserfontänen aus den Ritzen. Hastig schwenkte er den Kranarm herum und ließ das Wasser in einem grandiosen Schwall auf das Pflaster pladdern. Die Reste, die vom Entladen auf dem Pier zurückgeblieben waren, wurden hinfortgespült und fluteten ins Hafenbecken.

Hagen, der nicht rechtzeitig hatte zurückweichen können, stieß einen empörten Laut aus, als die Brühe über seine Schuhe schwappte. Ruth, die geahnt hatte, was der Baggerführer vorhatte, war vorsorglich ein paar Schritte rückwärtsgegangen und verzog nun amüsiert das Gesicht, während ihr Kollege auf der Stelle tänzelte und dabei Wasser von seinen Schuhen zu schütteln versuchte.

»Tschuldigung!«, rief Jens Sören aus dem Führerhaus herüber und griente. »Aber man kann sich vor Möwen nicht mehr retten, wenn ich den Kai nicht hin und wieder abspüle!«

Hagen winkte verärgert ab. »Kommen Sie bitte mal her. Wir müssen Ihnen ein paar Fragen stellen!«

Jens zog die Stirn kraus und schaltete den Motor ab. »Machen Sie's bitte kurz!«, rief er, während er aus dem Führerhaus kletterte. Nun, da der Motorenlärm abgeklungen war, war auch das Tuckern des festgemachten Krabbenkutters und die schrillen Möwenschreie deutlicher zu hören. »Es kommt gleich noch ein Boot, das ich löschen muss.« Während er in seinen Arbeitsschuhen auf dem triefendnassen Pflaster auf die Kriminalisten zu stapfte, deutete er mit einem Kopfnicken auf den abgestellten Anhänger. »Haben Sie unseren Bestatter schon angerufen?«, fragte er. »Der Tote muss so schnell wie möglich abtransportiert werden. Der Kipper wird dringend gebraucht!«

Ruth verzog bedauernd einen Mundwinkel. »Ich fürchte, Sie müssen vorerst ohne diesen Anhänger auskommen.«

Jens starrte sie verständnislos an. »Warum das denn?«

»Der Mann ist ermordet worden«, erklärte Hagen und rieb sich einen Schuh am Hosenbein trocken. »Bei Ihrem Anhänger handelt es sich womöglich um einen Tatort. Er muss kriminaltechnisch genauestens untersucht werden.«

Jens massierte sich grimmig den Nacken. »Das könnte hektisch werden«, konstatierte er mürrisch. »Denn jetzt muss ich mit dem Treckergespann öfter zwischen Hafen und Darre hin und her kutschieren. Das wird Wartezeit für die Kutter mit sich bringen, und darüber werden die Kapitäne nicht gerade glücklich sein.«

»Es tut uns leid, dass wir Ihnen diese Umstände machen müssen«, sagte Ruth. »Aber es lässt sich nicht ändern.«

Jens seufzte schicksalsergeben. »Was wollten Sie mich denn nun fragen? Die Zeit brennt mir jetzt gehörig unter den Nägeln, müssen Sie wissen.«

Ruth warf einen prüfenden Blick auf die Baggerschaufel. »Was macht Sie eigentlich so sicher, dass dieser Tote nicht im Beifang an Bord des Krabbenkutters gelegen hat? Sie könnten den Leichnam mit der Baggerschaufel aufgenommen und in den Anhänger abgeladen haben.«

Jens schüttelte den Kopf. »Ich hätte es gesehen, wenn zusammen mit dem Beifang auch ein Mann in den Anhänger gefallen wäre.« Er deutete mit dem Daumen hinter sich. »So groß ist die Baggerschaufel nicht, dass ein Mensch bequem hineinpassen würde. In Embryohaltung zusammengerollt und die Arme um die Knie geschlungen, wäre es wohl möglich. Aber eine leblose Person, die ungelenkig wie eine Puppe ist?« Erneut folgte ein Kopfschütteln. »Das ist ausgeschlossen.«

»Sie haben meinem Kollegen am Telefon gesagt, die Anhänger und der Traktor hätten die ganze Nacht über hier im Hafen gestanden«, wechselte Ruth das Thema.

Jens nickte bestätigend. »Um acht Uhr abends habe ich das Gespann hier geparkt und bin dann mit dem Fahrrad zur Darre, um dort noch ein paar Vorbereitungen für den kommenden Morgen zu treffen.«

»Und es war kurz vor sechs Uhr morgens, als Sie die leblose Person in Ihrem Anhänger entdeckten«, vervollständigte Hagen.

»So ist es«, bestätigte Jens. »Das habe ich Ihnen am Telefon doch schon alles erzählt«, wurde er dann ein wenig ungehalten.

»Ist es üblich, dass Sie Ihr Arbeitsgerät unbeaufsichtigt im Hafen stehen lassen?«, wollte Ruth wissen.

»Ne«, räumte Jens ein. »Das war eine Ausnahme. Das habe ich nur gemacht, damit es am Morgen zügig vorangeht. Erfahrungsgemäß gibt es bei diesen günstigen Witterungsbedingungen für mich eine Menge zu tun, wenn die Kutter alle nachts draußen auf dem Meer waren.«

Ruth deutete auf den Trecker. »Wir müssten rekonstruieren, wie das Arbeitsgerät positioniert war. Das könnte später für uns eventuell wichtig sein.«

Jens holte sein Handy hervor und hielt es kurz vor sich. »Ich habe Fotos gemacht, bevor ich den Anhänger mit dem Toten darin bewegt habe.«

»Das war sehr vorausschauend von Ihnen«, lobte Ruth. »Schicken Sie die Aufnahmen bitte als E-Mail-Anhang an die Adresse der Greetsieler Polizei.« Sie hob eine Augenbraue. »Wo befindet sich die Darre denn eigentlich?«, erkundigte sie sich dann.

Jens lächelte gespielt mitleidig. »Man merkt, dass Sie nicht von hier sind, Frau Hauptkommissarin.« Er deutete in südöstliche Richtung. »Die Trockenanlagen liegen dort entlang ein paar Hundert Meter außerhalb von Greetsiel.« Er stieß angespannt Luft aus. »Ich muss jetzt wirklich weiterarbeiten.«

Der Kutter, der zuletzt gelöscht worden war, hatte abgelegt und fuhr den Anlegestellen der Krabbenfänger entgegen. Ein weiteres Fischerboot schob sich bereits an den Kai heran.

»Eine Frage habe ich noch«, sagte Ruth. »Dann sind Sie vorerst entlassen.«

Jens ließ den Zeigefinger kreisen, um der Hauptkommissarin zu bedeuten, dass sie auf den Punkt kommen sollte.

»Kannten Sie den Toten?«

Jens sah sie entgeistert an. »Ne – den habe ich heute zum ersten Mal gesehen. Das ist keiner von uns, sondern ein Fremder.«

Ruth nickte. »Danke für Ihre Hilfe.«

Jens winkte ab. »Ich tue nur, was in einem solchen Fall getan werden muss.« Er hob grüßend die Hand, wandte sich ab und kehrte zu seinem Bagger zurück.

Der Kutter stieß in diesem Moment an die Kaimauer und ein junger Mann sprang behände von Bord, um das Boot zu vertäuen.

Hagen sah auf seine Armbanduhr. »Die Kollegen der Spurensicherung müssten jeden Moment aus Emden eintreffen.«

Ruth legte ihrem Partner eine Hand auf die Schulter. »Sie übernehmen es, die Kollegen zu instruieren. Sorgen Sie dafür, dass von dem Toten Fingerabdrücke genommen werden. Wir müssen so schnell wie möglich klären, wer dieser Mann ist.«

Hagen blühte innerlich förmlich auf. Die Aussicht, ein bisschen delegieren zu dürfen und dabei von erfahreneren Kollegen für wichtig genommen zu werden, entschädigte ihn für seine ruinierten Schuhe und die Tatsache, dass Jens Sören ihn mit seinem Anruf in aller Herrgottsfrühe von der Seite seiner Freundin gerissen hatte.

Kapitel 2

Die Polizeistation in Greetsiel war in einem kleinen, adretten Ostfriesenhaus untergebracht. Der zierliche Bau war frisch saniert worden und wirkte mit seinem Schmuckgiebel über der Eingangstür, den Sprossenfenstern und dem weit heruntergezogenen Dach wie aus der Zeit gefallen. Lediglich ein unauffälliges Schild mit der Aufschrift »Polizei« wies auf die neue Bestimmung des Gebäudes hin, das innen mit den modernsten Gerätschaften ausgestattet war, wie sie für eine Wache mit angeschlossenem Kommissariat unerlässlich waren.

Das Haus badete in den Strahlen der aufgehenden Sonne, die die Kühle und Feuchtigkeit der Nacht langsam, aber sicher aus dem Fischerdorf zu vertreiben begann. Das freundliche Wetter hatte die ersten Feriengäste ins Freie gelockt, die nun müßig in den verwinkelten Gassen und Straßen flanierten und noch nicht so recht zu wissen schienen, was sie mit diesem wundervollen Tagen beginnen sollten.

Ruth, die ihr Privatfahrrad neben die Polizei-E-Bikes geparkt hatte, zog die Eingangstür der Wache schwungvoll auf und betrat mit einem unbeschwerten »Moin« auf den Lippen den Empfangsbereich.

»Moin«, erwiderte Alice Bergmann mit konzentrierter Stimme. Die Streifenpolizistin saß hinter dem Empfangstresen und arbeitete an ihrem PC. Kurz blickte sie zu Ruth auf und nickte ihr freundlich zu. Alice' rotbraunes Haar war akkurat geschnitten und mit ihrer Körpergröße von 1,63 Meter erreichte sie so eben gerade das geforderte Mindestmaß für Polizeibeamte. In den nussbraunen Augen lag ein gutmütiger, aber dennoch leicht verschmitzter Ausdruck, und die ein wenig aus dem Leim gegangene Figur straffte die Uniform an manchen Stellen beachtlich. Dennoch weigerte sich Alice, eine neue Garnitur zu beantragen, denn sie war überzeugt, dass ihr pummeliger Zustand bloß eine vorübergehende Erscheinung war und Gefahr bestand, dass die neue Uniform unvorteilhaft an ihrem Körper herumschlackerte, wenn die Fettpölsterchen sich verzogen hatten. Dass dieser Übergangszustand nun schon etliche Jahre andauerte, konnte an ihrer Einschätzung der Lage nichts ändern. Anspielungen zu diesem Themenbereich ignorierte sie kurzerhand oder konterte sie mit giftigen Gegenbemerkungen.

»Heute Morgen ist ein Notruf eingegangen und an Hagen weitergeleitet worden«, sagte Alice und deutete kurz auf die Telefonanlage. »Ist etwas Schwerwiegendes vorgefallen oder haben wir es nur mit einer Bagatelle zu tun?«

Ruth klappte das bewegliche Teilstück der Tresenplatte hoch und schob sich durch den Durchlass in Alice' Arbeitsbereich. Den musste sie durchqueren, um in das Büro zu gelangen, das sie sich mit Hagen Reese teilte. »Beim Löschkai wurde die Leiche eines Mannes gefunden«, erläuterte sie unaufgeregt und schloss den Durchgang wieder. »Anscheinend haben wir es mit Mord zu tun.«

Alice' Stirn umwölkte sich. »Es ist nicht zu glauben, wie oft sich in Ostfriesland Kapitalverbrechen ereignen.«

»Warum sollte es in diesem Landstrich anders zu gehen als sonst wo auf dieser Welt?«, gab Ruth zurück.

»Weil dies hier ein beliebtes Urlaubsziel ist«, ereiferte sich Alice. »Die Leute verbinden mit der Krummhörn angenehme Vorstellungen von Ruhe und Beschaulichkeit.« Sie lächelte aufgekratzt. »Und sie schätzen die unverstellte, ehrliche und unaufgeregte Art der Ostfriesen. Mord passt irgendwie nicht ins Bild unseres malerischen, verträumten Fischerdorfs.«

»Sie sollten es besser wissen, Alice.«

Die Streifenpolizistin zuckte mit den Schultern. »Und trotzdem wundere ich mich jedes Mal, wenn ich aus Ihrem Mund erfahren muss, dass es in Greetsiel erneut einen Mord gegeben hat.« Sie sah die Hauptkommissarin lauernd an und legte den Kopf schief. »Liegt es womöglich daran, dass Sie aus Hamburg dieses gewisse verderbliche Flair mit nach Greetsiel gebracht haben?«, fragte sie übertrieben ernst. »Dieses Fluidum aus großstädtischer Niedertracht, aufgeladen mit krimineller Energie?«

Ruth, die Alice inzwischen gut genug kannte, bemerkte sofort, dass sie mal wieder vom Schalk geritten wurde. »Gut möglich«, ging sie auf das Frotzeln der Streifenpolizistin ein. »Wäre es dann nicht Ihre Pflicht, diesem Trend entgegenzuwirken?«, fragte sie. »Zum Beispiel könnten Sie in Greetsiel mehr Präsenz zeigen. Beim Anblick Ihrer gemütlichen Statur könnte der eine oder andere, der womöglich Mordabsichten mit sich herumträgt, es sich anders überlegen und lieber eine Extraportion Sanddorntorte essen oder sich ein weiteres Krabbenbrötchen einverleiben, anstatt ein Verbrechen zu verüben.«

Alice starrte die Hauptkommissarin entgeistert an. »Gut gekontert«, lobte sie. »So langsam wird aus Ihnen ja doch noch eine annehmbare Ostfriesin.«

Ruth konnte sich ein Lächeln nicht verkneifen. »Danke. Ich bewahre mir aber lieber ein bisschen von meinem Hamburger Charme. Der ist für die Verbrechensbekämpfung nämlich ziemlich nützlich.«

»Das glaube ich Ihnen gerne. Ihre Aufklärungsrate kann sich jedenfalls sehen lassen.«

»Die fällt auch deswegen so günstig aus, weil ich über einen kleinen, aber feinen Mitarbeiterstab verfüge.«

Alice hob abwehrend die Hände. »Nun is jut, Frau Hauptkommissarin«, sagte sie geschmeichelt und setzte dann eine ernste Miene auf. »Was ist über den Toten denn bisher bekannt?«, fragte sie.

»So gut wie gar nichts.« Ruth holte ihr Smartphone hervor und rief das Foto auf, das sie vom Gesicht der Leiche gemacht hatte. »Ist Ihnen dieser Mann bekannt?«, fragte sie und hielt Alice das Handydisplay vor die Nase.

Die Streifenpolizistin zog den Kopf ein Stück zurück und betrachtete das Foto. »Ich sehe diesen Mann heute zum ersten Mal«, sagte sie dann in einem Tonfall, als müsste sie einen Mordverdacht von sich ablenken. »Schicken Sie mir das Bild auf mein Handy«, wurde sie dann erneut ernst. »Vielleicht kann ich etwas über diesen Mann herausfinden, wenn ich das Foto im Ort herumzeige.«

Ruth war damit einverstanden und leitete die Aufnahme per WhatsApp an Alice' Gerät weiter. Anschließend schilderte sie ihr kurz, welche Umstände zum Auffinden der Leiche geführt hatten.

»Ein mit Gammel überschüttetes Mordopfer«, sagte Alice, nachdem Ruth geendet hatte. »Das ist irgendwie entwürdigend.«

Ruth massierte sich das Ohrläppchen. »Eine interessante Äußerung«, sagte sie. »Liegt womöglich ein tieferer Sinn in diesem Arrangement?«

»Arrangement?«, wiederholte Alice verwundert. »Glauben Sie, der Mörder hat die Leiche aus einem bestimmten Grund in dem Traktoranhänger abgelegt?«

»Wir werden sehen. Zum jetzigen Zeitpunkt wissen wir ja noch nicht einmal, ob es sich bei diesem Anhänger nun um den Tatort handelt oder nicht.« Ruth warf einen Blick auf den Bildschirm der

Streifenpolizistin. »Sie sind gerade mit den Einbrüchen der vergangenen Tage beschäftigt?«

Alice stieß einen tiefen Seufzer aus und nickte. »Da ist noch eine Menge an Dokumentationsarbeit zu leisten«, berichtete sie. »Die Listen über die entwendeten Gegenstände anzulegen, ist besonders arbeitsintensiv. Der oder die Einbrecher haben stets großes Chaos gestiftet, sodass es für die Betroffenen nicht einfach ist, festzustellen, was denn nun gestohlen wurde. Einige Gegenstände sind mutwillig beschädigt oder gänzlich zerstört worden. Es ist schwierig, da einen Überblick zu behalten. Und natürlich wollen die Betroffenen, dass alles ganz schnell geht, weil die Versicherungen die Polizeiberichte hinzuziehen möchten, um die Schadensummen festzulegen.«

»Nehmen Sie Hagen nicht zu viel Arbeit ab«, mahnte Ruth streng. »Ich habe ihn Ihnen nicht umsonst zur Seite gestellt. Er soll die Angelegenheit übernehmen, für die die Kriminalpolizei zuständig ist.«

Alice wiegte den Kopf. »In zwei Fällen handelt es sich lediglich um einfachen Einbruch. Einmal war die Haustür nicht abgeschlossen und ein anderes Mal stand ein Fenster offen; das hatten die Einbrecher ausgenutzt. Nur im Fall der Psychologenpraxis liegt ein schwerwiegenderer Einbruch vor, weil eine Tür aufgebrochen wurde. Bei keinem dieser Delikte wurde ein Safe geknackt oder Gegenstände von hohem Wert gestohlen. Für die Kriminalpolizei gibt es daher nicht allzu viel zu tun.«

»Hagen wird sich die Berichte der Spurensicherung trotzdem noch mal ansehen«, entschied Ruth.

Alice lächelte dankbar. »Ein bisschen Unterstützung könnte ich durchaus brauchen.« Sie furchte die Stirn. »Wird Hagen mit diesem Mord denn jetzt nicht schon genug zu tun haben?«

»Das wird sich zeigen.« Ruth schenkte Alice ein aufmunterndes Lächeln. »In Hamburg war die Kripo oft so sehr mit schwerwiegenden Delikten beschäftigt, dass die Opfer von Einbrüchen manchmal Tage warten mussten, bis endlich ein Beamter auftauchte, um eine Tatortbesichtigung durchzuführen. Aber hier in Greetsiel laufen die Dinge ein bisschen anders.«

Alice verzog das Gesicht. »In der Praxis der Psychologin sah es gestern noch immer schlimm aus. Die Sekretärin tut sich ein wenig schwer mit der Bestandsaufnahme des Schadens, weil der Einbrecher in der Praxis wie ein Irrer gewütet hat.« Alice verzog erneut das

Gesicht, als ihr bewusst wurde, wie unangebracht ihre Worte in diesem Zusammenhang klingen mussten. »Ich werde gleich noch einmal bei der Praxis vorbeischauen. Das habe ich der Sekretärin versprochen.«

»Die Ärztin ist noch immer nicht zugegen?«, hakte Ruth nach.

»Psychologin«, verbesserte Alice. »Nein. Frau Ellenberg weilt nach wie vor in Hamburg, wo sie seit einer Woche an einem Symposium der psychologischen Fakultät teilnimmt. Sie hat ihre Sekretärin gebeten, sich um die Angelegenheiten rund um den Einbruch zu kümmern. Es war ja auch Elga Ahrens, die Sekretärin, die den Einbruch vor zwei Tagen bei uns gemeldet hatte.«

Ruth nickte konzentriert. Ihr waren diese Informationen bekannt, denn Hagen hatte sie diesbezüglich auf dem Laufenden gehalten. Lediglich im Fall der Praxis war sie persönlich kurz in Aktion getreten, denn bei solchen Raubzügen hatten es die Täter häufig auf technische Geräte, Blanko-Rezepte, Medikamente und Betäubungsmittel abgesehen. Sie wusste zwar, dass Psycho-therapeuten keine Rezepte ausstellen durften, und hochwertige Apparaturen oder Medikamente waren dort wohl auch nicht zu vermuten. Dennoch hatte sie lieber sichergehen und sich persönlich davon überzeugen wollen, dass nichts dergleichen abhanden-gekommen war und sich jetzt womöglich im Umlauf befand. Ruth hatte sich darum einmal gründlich in den Praxisräumen umgesehen, und, nachdem sie festgestellt hatte, dass ihre Befürchtungen hinsichtlich des Diebesguts unbegründet gewesen waren, Hagen und Alice das Feld überlassen.

»Ich werde Sie in die Praxis begleiten«, beschloss sie jetzt spontan. »Vielleicht können Sie diese Angelegenheit dann endlich abschließen. Gut möglich, dass wir Ihre Arbeitskraft in den nächsten Tagen bei den Ermittlungen dieses neuen Mordfalls benötigen.«

Alice Miene hellte sich auf. »Es ist mir stets eine Ehre, Seite an Seite mit Ihnen arbeiten zu dürfen«, verkündete sie, wobei ihre Stimme den ironischen Unterton missen ließ, der immer dann aufklang, wenn Alice' schelmische Seite zum Tragen kam. Diesmal meinte sie die Worte anscheinend auch so, wie sie sie sagte.

*

20

Die Psychologenpraxis befand sich am südöstlichen Rand von Greetsiel in der Boomstraße. Die Räumlichkeiten umfassten das gesamte Erdgeschoss eines kleinen Einfamilienhauses. Die obere Etage wurde an Feriengäste vermietete, stand momentan jedoch leer.

Alice parkte ihren Streifenwagen in der Grundstückseinfahrt direkt hinter dem Fahrzeug eines Tischlereibetriebes. Zwei Männer in weißer Arbeitskluft passten gerade eine neue Eingangstür in die Zarge ein. Freundlich nickend machten die Handwerker den Weg für die uniformierte Polizistin und ihre zivilgekleidete Begleiterin frei.

»Die Tür war nicht mehr zu retten?«, fragte Ruth an die Tischler gerichtet.

Der Ältere der Männer schüttelte den Kopf.»Ne – da war nix mehr zu machen. Der Einbrecher hat die Scharniere rausgebrochen und das Schloss zertrümmert. Der scheint es auf maximale Zerstörung angelegt zu haben.« Er pochte mit den Fingerknöcheln gegen das neue Türblatt.»Dieses gute Stück ist jetzt wesentlich solider und nicht so fadenscheinig, wie die alte Tür.« Er blickte nach oben zu den Fenstern des ersten Stockwerks hinauf.»Es muss dennoch einen ziemlichen Krach gemacht haben, als dieser Gauner sich Zutritt verschafft hat. Wären Leute im Haus gewesen, wäre ihnen das sicherlich nicht entgangen. Aber momentan sind hier ja keine Gäste beherbergt.«

Ruth bedankte sich mit einem Kopfnicken für diese Information und ging auf Alice zu, die abwartend im Hausflur stehen geblieben war. Der kurze Korridor war blendendweiß gestrichen, vollkommen schmucklos und endete vor einer Glastür. Auch hier hatte der Einbrecher gewütet. Das Glas wies Risse und Sprünge auf und das Schloss samt Türdrücker war herausgebrochen worden.

Alice zog die Tür vorsichtig auf, die dabei geräuschvoll über den gekachelten Boden schleifte und bedenklich wackelte.

»Die ist als Nächstes dran!«, rief der Handwerker ihnen nach, während sie den Empfangsbereich der Praxis betraten. In diesem Raum hatte Elga Ahrens offensichtlich bereits für Ordnung gesorgt. Der kleine weiße Schreibtisch mit der Telefonanlage, dem Computer und dem großflächigen Terminkalender verliehen dem Durchgangs-zimmer im Zusammenspiel mit dem hellgrauen Teppich und den weißen Wänden ein kühles und distanziertes Ambiente. Lediglich die Kunstdrucke in den beschädigten Rahmen zeugten noch davon, dass in diesem Zimmer kürzlich mit roher Gewalt gewütet wurde.

Die Verbindungstür ins Behandlungszimmer stand offen. Darin erschien nun eine dürre, schmalbrüstige Frau in einem grauen Kostümkleid. Elga Ahrens hatte die Haare hochgesteckt und schob die braunumrandete Brille mit den kreisrunden, übergroß erscheinenden Gläsern jetzt keck die Nase hoch. »Da sind Sie ja«, sagte sie erfreut. »Und die Hauptkommissarin ist auch zugegen.« Als handelte es sich bei den Kriminalisten um Klienten, trat sie einen Schritt beiseite und deutete mit einladender Geste in das Zimmer hinter ihr. »Treten Sie ein. Es sieht hier inzwischen wieder ganz annehmbar aus. Aber es wird noch dauern, bis alles in seinen ursprünglichen Zustand zurückversetzt wurde.«

Als Ruth das Behandlungszimmer zuletzt gesehen hatte, hatten sämtliche Möbel und die Zimmerpflanzen umgestoßen am Boden gelegen. Jetzt standen sich die beiden gemütlichen Lehnsessel gegenüber, nur von einem niedrigen runden Tischchen getrennt. Die Yucca-Palmen vor dem Fenster ragten zwei Meter auf und reckten die wenigen Blätter, die nicht traurig abgeknickt herabhingen, trotzig in die Höhe. Das Sideboard war eingeräumt worden, und das gerahmte Diplom und die zahlreichen Auszeichnungen, die Marie Ellenberg in ihrer beruflichen Laufbahn erworben hatte, hingen ordentlich aufgereiht an der Wand. Einige der Dokumente wirkten allerdings ein wenig ramponiert. Die Sekretärin hatte die meisten Rahmen erneuern müssen, nachdem der Einbrecher sie quer durch den Raum geschleudert hatte.

»Sie haben recht, es sieht hier ganz passabel aus«, merkte Ruth an, die sich noch genau an den chaotischen Anblick erinnerte, den dieses Zimmer zuletzt geboten hatte. Allerdings fand sie es hier trotzdem nicht sehr gemütlich. Die Einrichtung mutete eher kühl und emotionslos an.

»Ich habe jetzt endlich einen Überblick über die Dinge, die fehlen«, eröffnete Elga Ahrens ihnen und nestelte dabei nervös am Rock ihres Kostüms herum. Sie deutete kurz auf die schmale Tür, die ins Archiv der Psychologin führte. Dort hatte ein heilloses Durcheinander geherrscht, denn der Einbrecher hatte alle Akten und Karteikarten auf dem Boden ausgeleert und war darauf herumgetrampelt. »Soweit ich das jetzt überblicken kann, fehlen lediglich zwei Klientenakten«, berichtete Elga.

Alice furchte verwundert die Stirn. »Das ist alles?«, fragte sie perplex.

Elga nickte beflissen. »Es wurde von dem Eindringling hauptsächlich Sachschaden abgerichtet. Die Kaffeemaschine in der Teeküche ist Schrott … na ja, und mein PC war auch hinüber, sodass ich Ersatz beschaffen musste. Ich hatte das gute Stück in Reparatur gegeben, aber da ist wohl nichts mehr zu retten. Frau Ellenberg hat mir gestattet, einen neuen zu kaufen. Zum Glück sind alle Dateien auf einer Cloud gesichert, sodass nichts davon verloren gegangen ist.« Sie zuckte mit den Schultern. »Es handelte sich sowieso nur um Terminangelegenheiten und Abrechnungen mit den Krankenkassen. Alle Aufzeichnungen, die Frau Ellenberg während der Therapiesitzungen über die Klienten anfertigt, werden von ihr in den Akten und Mappen abgelegt. Sie ist in dieser Hinsicht ein wenig altmodisch und würde diese vertraulichen Unterlagen niemals einem PC anvertrauen.«

Ruth hörte der Sekretärin aufmerksam zu und schritt dabei die Reihe der an der Wand hängenden Auszeichnungen ab. »Das macht das Fehlen dieser Klientenakten allerdings nur umso brisanter«, sagte sie. Sie drehte den Kopf und sah die Sekretärin an. »Um welche Patienten handelt es sich?«

Elga blinzelte hinter ihrer Brille nervös. »Ich fürchte, das darf ich Ihnen ohne die Zustimmung von Frau Ellenberg nicht sagen.«

»Dann fragen Sie sie«, forderte Ruth sie auf.

»Frau Ellenberg befindet sich gerade in einer Konferenz«, erwiderte Elga reserviert. »Sie möchte jetzt ganz bestimmt nicht gestört werden.« Sie hob die Faust vor den Mund und hüstelte. »Ich werde versuchen, sie in der Mittagspause zu erreichen«, stellte sie in Aussicht. »Wozu benötigen Sie diese Information denn eigentlich, wenn ich mal fragen darf?«

Ruth deutete um sich. »Weil ich es bezeichnend finde, dass der Einbrecher diesen ganzen Aufwand betrieben hat, nur um sich zwei Klientenakten unter den Nagel zu reißen.« Ruth zeigte auf die Urkunde, vor der sie stand. »Marie Ellenberg hat bei der Bremer Kripo mal als Profilerin gearbeitet?«, fragte sie übergangslos. Es war mehr eine Feststellung als eine wirkliche Frage, denn das gerahmte Dokument gab über diese Tätigkeit der Psychologin genauestens Auskunft.

Elga nickte. »Das ist schon etliche Jahre her. Diesen Tätigkeitsbereich hat Frau Ellenberg längst aufgegeben. Jetzt führt sie ausnahmslos nur noch Psychotherapien durch.«

Alice schaute zwischen der Hauptkommissarin und der Sekretärin hin und her. »Glauben Sie, es gibt einen Zusammenhang zwischen Frau Ellenbergs Tätigkeit für die Bremer Kripo und dem Einbruch in ihre Praxis?«, fragte sie. »Wie aber passen dann die beiden anderen Einbrüche in dieses Bild?«

Ruth hob eine Schulter. »Ob die wirklich von denselben Personen verübt wurden, steht noch nicht fest.«

»Hagen meinte allerdings, dass dies sehr wahrscheinlich wäre«, erwiderte Alice.

»Von diesen anderen Einbrüchen ist mir schon zu Ohren gekommen«, sagte Elga aufgeregt. »Gibt es denn bereits einen Verdächtigen?«

»Bisher nicht«, erwiderte Alice. »Bei den anderen Delikten sind aber ebenfalls kaum Wertgegenstände abhandengekommen. Stattdessen wurde einiger Sachschaden angerichtet. Die Vorgehensweise ist also ähnlich wie hier.« Alice holte ihr Handy hervor und machte sich daran zu schaffen. »Haben Sie diesen Mann schon einmal gesehen?«, fragte sie dann und hielt der Sekretärin ihr Smartphone entgegen.

Elga rückte die Brille auf ihrer Nase zurecht und begutachtete das Foto eingehend. Im nächsten Moment legte sie die Hand auf ihre Brust. »Ja!«, sagte sie aufgebracht. »Den kenne ich!«

Ruth trat herbei. Sie ahnte, welches Foto Alice der Frau gezeigt hatte: die Aufnahme vom Gesicht der Leiche im Traktoranhänger!

»Wie heißt dieser Mann?«, fragte Alice unaufgeregt.

Elga machte einen abfälligen Laut. »Rainer Engel. Aber das ist ganz bestimmt nicht sein wirklicher Name.« Sie tippte mit dem Zeigefinger gegen ihre Nasenspitze. »Im Laufe der Jahre, die ich für Frau Ellenberg nun schon arbeite, habe ich ein gewisses Gespür für Menschen entwickelt. Und ich erkenne, wenn mir jemand frech ins Gesicht lügt.«

»Das müssen Sie uns genauer erklären«, forderte Ruth. »Wann ist dieser Mann Ihnen begegnet?«

»Vor drei Tagen.« Elga deutete zum Empfangsbüro hinüber. »Ich hatte gerade Abrechnungen mit den Krankenkassen gemacht, da klingelte jemand an der Praxistür.« Sie schüttelte missbilligend den Kopf. »Dabei hatte ich einen Zettel angeheftet, der darauf hinwies, dass die Praxis zurzeit geschlossen war.«

»Sie haben den Mann dann trotzdem aufgemacht«, vermutete Ruth.

Elga fuchtelte mit den Armen. »Er war sehr hartnäckig und hämmerte sogar mit der Faust gegen die Tür. Also bin ich hin und habe aufgesperrt.« Sie schüttelte sich. »Das Auftreten dieses Mannes war sehr herrisch. Er verlangte, Marie Ellenberg sofort zu sprechen. Ich fragte ihn nach seinem Namen. Doch es war klar, dass er sich den bloß auf die Schnelle ausgedacht hatte. Das konnte ich ihm deutlich ansehen.«

»Wie ging es dann weiter?«, drängte Ruth.

Elga faltete die Hände vor ihrem Bauch. »Ich sagte ihm, Frau Ellenberg wäre nicht da, und dass sie erst kommende Woche zurückkäme. Das wollte er mir nicht glauben. Er stieß mich sogar aus dem Weg und stürmte in die Praxis.« Sie presste die Lippen aufeinander. »Ich bekam es ein wenig mit der Angst zu tun, verhielt mich jedoch abwartend. Leuten, die aufgebracht sind, sollte man mit Gleichmut begegnen. Das habe ich von Marie … von Frau Ellenberg gelernt. Der Mann beruhigte sich dann auch tatsächlich, nachdem er in der Praxis seine Runde gedreht und sich davon überzeugt hatte, dass niemand anwesend war. Er wollte dann Frau Ellenbergs private Handynummer von mir haben.« Die Sekretärin schluckte trocken. »Ich habe sie ihm vorsorglich gegeben. Und tatsächlich ist er dann auch von dannen gezogen. Marie habe ich daraufhin sofort angerufen und ihr von dem Vorfall berichtet. Sie sagte mir, ich hätte richtig gehandelt.«

»Kannte Frau Ellenberg diesen Mann denn?«, fragte Ruth.

Elga schüttelte den Kopf. »Offenbar nicht. Sie vermutete, es könnte sich um einen potenziellen Klienten handeln und sagte, ich sollte mir keine Sorgen machen.«

Alice stemmte die Fäuste in die Hüften. »Warum erfahren wir erst jetzt von diesem Vorfall?«, fragte sie vorwurfsvoll.

Elga sah sie verständnislos an. »Ich bin nicht befugt, Informationen über die Klienten meiner Arbeitgeberin an die Polizei weiterzugeben.«

»Kommissar Reese hatte Sie gefragt, ob Sie sich vorstellen könnten, wer hinter dem Einbruch in die Praxis steckt«, sagte Alice aufgebracht. »Und da ist Ihnen nicht eingefallen, dass es eventuell angebracht wäre, diesen Vorfall zu erwähnen?«

»Warum sollte dieser Rainer Engel denn in die Praxis einbrechen wollen?«, hielt die Sekretärin frostig dagegen. »Er wollte wahrscheinlich therapiert werden. Ihm drückte der Schuh – das war alles.«

Alice schnaufte aufgebracht. »Und nun ist er ermordet worden!«

Elga wurde blass um die Nase. »Was wollen Sie damit andeuten. Dass ich den Tod dieses Mannes hätte verhindern können, wenn ich ...«

»Wir wollen gar nichts andeuten«, beeilte sich Ruth der Frau zu versichern. »Wir sammeln lediglich Informationen.«

»Glauben Sie denn etwa, dieser Rainer Engel könnte der Einbrecher gewesen sein?«, fragte Elga mit schwankender Stimme.

»Das werden wir hoffentlich bald herausfinden«, gab Ruth sachlich zurück.

»Aber – warum ist er denn jetzt tot?« Elga nahm die Brille ab und wischte sich mit der anderen Hand Tränen aus den Augenwinkeln.

»Auch das wird noch geklärt werden.« Ruth berührte die Sekretärin sanft am Oberarm. »Geben Sie mir die private Handynummer Ihrer Arbeitgeberin. Ich werde mit ihr sprechen.«

Elga entzog sich der Berührung. »Marie wird Ihnen auch nicht viel mehr sagen können als ich.«

»Rainer Engel hat Frau Ellenberg womöglich angerufen«, hielt Ruth dagegen. »Und ich muss wissen, worüber sie gesprochen haben.«

Elga setzte die Brille wieder auf. »Verstehe«, sagte sie um Fassung bemüht. Dann nannte sie Ruth die Nummer. »Entschuldigen Sie bitte«, fügte sie konfus hinzu. »Ich bin total durcheinander.« Sie deutete um sich. »Dieser Einbruch ... und dann dieser Mord ... Ich fürchte, das ist alles zu viel für mich.«

Ruth lächelte begütigend. »Wir werden Sie jetzt in Ruhe lassen. Alles Weitere bespreche ich mit Frau Ellenberg.«

»Die befindet sich doch gerade mitten in einer ...« Elga brach ab, als sie Ruths eindringlichen Blick auffing. Einsichtig hob sie die Hände. »Ich halte mich raus. Es geht ja um Mord. Und da muss man eben umdisponieren, nicht wahr?«

»So ist es.« Ruth verabschiedete sich, und auch Alice nickte der Sekretärin freundlich zu. Anschließend verließen sie die Praxis.

*

»Gute Arbeit«, lobte Ruth an Alice gerichtet, während sie auf den in der Einfahrt parkenden Streifenwagen zugingen. »Es war eine ausgezeichnete Idee, Elga Ahrens das Foto des Mordopfers zu präsentieren.«

Alice lächelte bescheiden. »Ihr sprudelnder Geist ist dafür verantwortlich, Frau Hauptkommissarin.« Sie wuselte mit den Fingern in der Luft umher, während sie an die Fahrertür herantrat. »Wie Sie da so angefangen haben, nach irgendwelchen kriminalistischen Verbindungen zu suchen, während sie die gerahmten Auszeichnungen der Psychologin betrachteten … da habe ich mir gedacht: Warum sollte ich nicht auch mal versuchen, aufs Geratewohl einen verborgenen Zusammenhang aufzudecken.«

Ruth sah Alice über das Wagendach hinweg mit umwölkter Stirn an. »Aufs Geratewohl?«, fragte sie mit gespielter Empörung. »Meine Schlussfolgerungen haben nichts mit Raten zu tun. Es sind gezielte, logische Gedankengänge, die vorhandene Tatsachen miteinander verknüpfen.«

Alice grinste mit einem Mundwinkel. »Na klar. Wie sollte es bei Ihnen auch anders sein?«

Ruth trat einen Schritt vom Wagen zurück. »Da Sie gerade so gut in Form sind, trage ich Ihnen hiermit auf, zu den anderen Einbruchsopfern zu fahren und sie zu fragen, ob sie diesem Rainer Engel womöglich ebenfalls begegnet sind.«

»Genau das wollte ich gerade vorschlagen«, behauptete Alice frohgemut. Sie legte den Kopf schief. »Sie kommen nicht mit?«

»Messerscharf kombiniert«, erwiderte Ruth. »Ich vertrete mir ein wenig die Beine, während ich versuche, Marie Ellenberg in Hamburg telefonisch zu erreichen. Später erwarte ich dann Ihren Bericht.«

Alice klopfte mit der flachen Hand aufs Wagendach. »Ich werde Sie nicht enttäuschen«, versprach sie. »Wenn wir uns in der Wache treffen, werde ich diese Einbruchsserie bestimmt aufgeklärt haben!«

»Ich spendiere Ihnen ein Krabbenbrötchen, wenn Sie das schaffen.« Ruth winkte und wandte sich ab. Bis in die Anker Straße war es von hier aus gut einen Kilometer Wegstrecke; für die Hauptkommissarin ein Klacks und nicht weiter die Rede wert. Rasch verfiel sie in einen forschen Schritt, wie sie es sich in Hamburg angewöhnt hatte.

Alice ließ kurz die Polizeisirene aufheulen, als sie an Ruth vorbeifuhr. Kurz darauf war der VW-Golf hinter einer Wegbiegung verschwunden.

Ruth holte ihr Handy hervor und wählte die Telefonnummer der Psychologin. Eine wohlmodulierte elektronische Stimme wies sie darauf hin, dass der gewünschte Gesprächsteilnehmer momentan nicht erreichbar war und sie es zu einem späteren Zeitpunkt noch einmal versuchen sollte.

Verstimmt steckte Ruth den Apparat in ihre Hosentasche und setzte ihren Weg fort. Lang ausschreitend ging sie an den roten Backsteinhäusern vorbei, tauchte dann und wann in den Schatten eines Baumes ein und hing ihren Gedanken nach. Als sie gelesen hatte, dass Marie Ellenberg in Bremen vor Jahren als Profilerin gearbeitet hatte, hatte sie sofort einen Zusammenhang zwischen dieser Tätigkeit und dem Einbruch in die Praxis der Psychologin vermutet. Dass der Mann, der nun als Einbrecher infrage kam, ermordet wurde, löste zwangsläufig gewisse Gedankenketten in ihr aus. Dennoch überlegte sie, ob diese Verknüpfungen nicht doch ein wenig zu bemüht daherkamen. Witterte sie möglicherweise dort einen kausalen Überbau von Verstrickungen, wo es gar keinen gab? Verstellte ihr die Vorstellung von schicksalhaft verbundenen Verbrechen nicht die Sicht auf eine womöglich einfach gestrickte Lösung? Was wenn die verschiedenen Faktoren gar nichts miteinander zu tun hatten und sie sich in ihr Gedankenkonstrukt hoffnungslos verhedderte, wenn sie es weiterhin verfolgte?

Mit einer wegwerfenden Geste versuchte Ruth, die lästigen Zweifel zu verscheuchen. »Immerhin haben meine Spekulationen dazu geführt, dass Alice der Sekretärin das Foto des Mordopfers gezeigt hat«, murmelte sie vor sich hin. »Das hat unsere Ermittlungen einen Schritt vorangebracht, und gezeigt, dass die unterschiedlichen Vorkommnisse vielleicht tatsächlich miteinander verquickt sind.«

Sie erreichte einen Fußweg, der ein gutes Stück parallel am Neuen Greetsieler Sieltief entlangführte. Das gegenüberliegende Ufer war mit alten, hohen Weiden bewachsen. Zwischen dem Grün der lichten Zweige war ein Blick auf das dahinterliegende Grundstück zu erhaschen. Der weiße, herrschaftliche Vorbau eines historischen Gulfhofs erhob sich darauf. Beim Anblick dieses Anwesens musste Ruth unwillkürlich an den verzwickten Mord denken, der sich in einem anderen Gulfhof in Greetsiel vor einiger Zeit ereignet hatte. Die Ermittlungen hatten ein breites Feld von verbrecherischen Verflechtungen und schicksalhaften Verbindungen aufgedeckt, die selbst Ruth überrascht hatten. Aber nicht hinter jedem Mord mussten sich ungeahnte Geflechte verstecken. Manchmal war auch alles ganz simpel und unkompliziert …

Der Weg machte einen scharfen Knick nach links und mündete in eine Holzbrücke. In dem oliv-braunen Wasser, das unter den Bohlen der Brücke still wie ein See stand, spiegelte sich fleckenhaft das Blau des Himmels. Flussaufwärts führte das Sieltief in einem seichten Bogen durch den nördlichen Teil des Ortes. Auf der anderen Seite der Brücke teilte sich der Kanal. Der linke Arm mündete in den Greetsieler Hafen und der rechte in die Binnenmuhde mit ihrem Schöpfwerk, das auch schon einmal Schauplatz eines Verbrechens gewesen war.

Die Brückenbohlen karrten unter Ruths Schritten so laut, dass sie das Klingeln ihres in der Hosentasche steckenden Handys fast überhört hätte. Sie blieb stehen und zog den Apparat hervor. Als sie sah, dass sie von Marie Ellenberg gerade einen Rückruf erhielt, nahm sie das Gespräch sofort entgegen.

»Polizei Greetsiel«, meldete sie sich. »Sie sprechen mit Hauptkommissarin Ruth Fasan.«

Am anderen Ende der Verbindung blieb es einen Moment lang still. »Warum rufen Sie mich an?«, fragte die Psychologin dann unvermittelt.

Bevor Ruth die Frage beantwortete, vergewisserte sie sich, dass sie auch tatsächlich Marie Ellenberg am Apparat hatte.

»Ja, ich bin es in Person«, bestätigte die Frau leicht ungehalten. »Hören Sie. Ich habe meine Sekretärin gebeten, sich um diesen Einbruch zu kümmern. Wenden Sie sich an Elga, wenn Sie Fragen haben.«

Ruth entschied, die Sache ruhig angehen zu lassen. Leicht vorgebeugt stützte sie die Ellenbogen auf die Brüstung der Holzbrücke und ließ den Blick übers Wasser schweifen. »Aus Ihrer Praxis wurden zwei Klientenakten entwendet«, sagte sie. »Ihre Sekretärin meinte, ich sollte mich an Sie wenden, wenn ich die Namen der betreffenden Personen erfahren möchte. Ich bitte Sie daher, Frau Ahrens zu erlauben, mir die Namen nennen zu dürfen.«

»Wozu wollen Sie die denn überhaupt wissen?«

»Weil ich herausfinden möchte, warum der Dieb ausgerechnet diese beiden Mappen an sich gebracht hat«, gab Ruth gelassen zurück.

»Womöglich wurden diese Unterlagen gar nicht gestohlen«, sagte Marie jetzt zu Ruths Verwunderung. »Gut möglich, dass die bei mir zu Hause liegen. Ich nehme mir manchmal Arbeit mit in meine

Wohnung. Eigentlich mache ich das sogar ziemlich oft. Gut möglich also, dass diese Akten derzeit auf meinem Couchtisch liegen.«

»Sie könnten Ihre Sekretärin bitten nachzusehen«, schlug Ruth vor. Die Psychologin seufzte angespannt. »Hören Sie«, sagte sie erneut. »Ich habe jetzt wirklich keine Zeit für so was. Die Kaffeepause ist gleich vorbei. Ich muss zurück aufs Podium.«

»Ich bestehe darauf, dass *Sie* mir jetzt zuhören«, gab Ruth zurück. »Ich muss Sie nämlich auch im Zusammenhang mit einem Mordfall sprechen.«

»Mord?«, fragte die Psychologin geschockt. »Wieso denn jetzt Mord? Eben ging es doch bloß um einen Einbruch in meine Praxis.«

»Hat ein gewisser Rainer Engel Sie kürzlich angerufen?«, fragte Ruth.

Erneut herrschte Schweigen am anderen Ende der Verbindung. »Ja«, sagte Marie Ellenberg dann. »Das hat er.«

»Wann?«, wollte Ruth wissen.

»Vorgestern. Am Nachmittag.«

Ruth trommelte mit den Fingern auf dem Handlauf des Brückengeländers herum. »Und was wollte dieser Mann von Ihnen?«

»Es ging um eine Therapiesitzung. Er hatte ein dringendes Anliegen. Aber ich musste ihn auf kommende Woche vertrösten, da ich derzeit ja in Hamburg weile.«

»Um was für ein Anliegen handelte es sich?« Ruth verfolgte mit den Blicken ein Tretboot mit einem Pärchen darin, das müßig das Sieltief hinauf schipperte. Das Rauschen des Schaufelrads und das Quietschen der Mechanik hallten dezent übers Wasser.

»Ich hatte keine Zeit, mir sein Problem anzuhören«, gab Marie kurz angebunden zurück. »Er gehört auch gar nicht zu meinem Klientenstamm. Offenbar handelt es sich um einen Touristen mit psychischen Problemen, der dringend ein Gespräch benötigt. Wären die Umstände anders gewesen, hätte Elga ihn terminlich irgendwo zwischengeschoben. Aber da ich ja nun mal in Hamburg bin ...« Sie ließ den Satz unvollendet.

»Rainer Engel wurde heute früh tot im Greetsieler Hafen gefunden«, erklärte Ruth. »In einem Anhänger voller Beifang, um genau zu sein. Er ist ermordet worden.«

»Das ... wie entsetzlich!« Die Psychologin keuchte. »Meine Güte. Ich weiß gar nicht, was ich dazu sagen soll!«

»Es wäre hilfreich, wenn Sie mir verrieten, was genau dieser Mann am Telefon zu Ihnen gesagt hat.«

»Er wollte dringend einen Termin. Für eine Gesprächstherapiesitzung – das erwähnte ich bereits.«

Ruth verdrehte die Augen. »Er muss doch kurz umrissen haben, warum er so dringend eine Therapiestunde brauchte.«

»Ich fürchte, ich habe ihn nicht zu Wort kommen lassen«, erwiderte Marie reumütig. »Ich war zu einer Diskussionsrunde eingeladen und hatte keine Zeit. So wie jetzt eigentlich auch nicht. Ich riet ihm, mit seinem Therapeuten in Kontakt zu treten. Der sei im Urlaub und nicht erreichbar, hatte Herr Engel daraufhin geantwortet. Ich sagte, dass ich für ihn auch nichts tun könne, und habe das Gespräch beendet. Er hatte mich wirklich zu einem ungünstigen Zeitpunkt erwischt. Jetzt wünschte ich natürlich, ich hätte ihm mehr Aufmerksamkeit geschenkt.«

»Sie hatten mit Rainer Engel zuvor also noch nie zu tun gehabt?«, vergewisserte sich Ruth.

»Nein. Das sagte ich bereits.«

»Ihre Sekretärin äußerte den Verdacht, der Mann könnte einen falschen Namen verwendet haben.«

»Mir hat er sich jedenfalls als Rainer Engel vorgestellt. Worauf wollen Sie überhaupt hinaus?«

»Wäre es denkbar, dass Sie mit diesem Mann eventuell während Ihrer Zeit als Profilerin zu tun hatten?«, ließ Ruth jetzt die Katze aus dem Sack.

»Das halte ich für ausgeschlossen«, kam prompt die Antwort. »Ich war damals nämlich nur in einen einzigen Fall involviert gewesen. Wir waren einem durchtriebenen Verbrecher auf der Spur, dem mehrere Morde zur Last gelegt wurden. Der Mann konnte durch mein Zutun schließlich identifiziert und dingfest gemacht werden. Er sitzt jetzt lebenslänglich in einem Bremer Gefängnis ein. Dort wird er für den Rest seines erbärmlichen Lebens bleiben!«

Die Heftigkeit, mit der die Psychologin sprach, überraschte Ruth ein wenig. »Und wie heißt dieser Verbrecher?«

»Arnold Fleißer.« Marie stieß hörbar Luft aus. »Ich kann Ihnen wirklich nicht mehr zu diesem Rainer Engel sagen«, erklärte sie in abschließendem Tonfall. »Ich würde Ihnen ja gerne helfen, aber …«

»Erlauben Sie Ihrer Sekretärin, in Ihrer Wohnung nachzuschauen, ob sich die fehlenden Klientenakten dort befinden«, forderte Ruth.

»Sie werden Frau Ahrens doch bestimmt einen Zweitschlüssel dagelassen haben. Sollten die Unterlagen dort nicht gefunden werden, benötige ich die Namen der betreffenden Klienten.«

Marie stieß ein angespanntes Seufzen aus. »Diese Akten beinhalten sensibles Material. Die Privatsphäre meiner Klienten muss unbedingt gewahrt werden. Ich möchte nicht, dass Sie oder sonst jemand von der Polizei einen Blick hineinwirft.«

»Vorerst geht es nur darum festzustellen, ob diese Dokumente gestohlen wurden oder nicht«, erwiderte Ruth um Geduld bemüht.

»Sehe ich das richtig, dass Sie einen Zusammenhang zwischen dem Einbruch und dem Mord an diesem Rainer Engel vermuten?« Ein angestrengter Tonfall schwang in der Stimme der Psychologin mit.

»Ich halte es für denkbar, dass es Rainer Engel war, der in Ihre Praxis eingebrochen ist – und womöglich auch in zwei weitere Objekte.«

»Gibt es dafür denn konkrete Hinweise?«

»Bisher beruht unser Verdacht lediglich auf Vermutungen«, musste Ruth zugeben.

»Vermutungen?« Marie Ellenberg klang angesäuert. »Und damit verschwenden Sie meine Zeit?«

»Vor vier Tagen tauchte Rainer Engel in Ihrer Praxis auf, einen Tag später geschah der Einbruch«, erläuterte Ruth unaufgeregt. »Nachdem er bei Ihnen angerufen hatte.«

»Was schließen Sie daraus?«, fragte Marie ungeduldig.

»Dass er in Ihrer Praxis womöglich etwas Bestimmtes gesucht hat.«

»Er wollte doch bloß einen Gesprächstermin.«

»Dennoch werde ich mir Gewissheit verschaffen«, gab Ruth nicht nach. »Das gehört zu meinem Beruf dazu. Dabei bin ich nun allerdings auf Ihre Unterstützung angewiesen.«

»Also gut«, lenkte Marie wenig begeistert ein. »Ich werde Elga sofort instruieren bei mir zu Hause nachzusehen, ob ich Klientenakten auf dem Couchtisch liegengelassen habe. Und jetzt entschuldigen Sie mich bitte. Ich komme bereits zu spät!« Mit diesen Worten unterbrach Marie Ellenberg die Verbindung.

Ruth ließ das Handy sinken. Einen Moment lang stand sie sinnierend da und betrachtete die Reflexionen auf dem Wasser des Sieltiefs. Die seichten Wellen des sich entfernenden Tretboots brachen sich am Ufer und drifteten wie über Bande gespielt über die Wasserfläche zurück. Die kreuz und quer dahingleitenden Wellen überschnitten sich mehrfach, sodass das Sonnenlicht sich wie glitzernder Feenstaub darauf spiegelte.

»Verwoben und verschroben«, murmelte Ruth und stieß sich von dem Geländer ab. Dann setzte sie ihren Weg zur Polizeiwache fort.

*

Unterwegs kaufte Ruth ein Krabbenbrötchen und ließ es sich in eine Tüte packen. Sie legte die Delikatesse auf Alice Bergmanns Arbeitstisch hinter dem Empfangstresen, nachdem sie die Polizeiwache betreten hatte. Die Streifenpolizistin war von der Befragung der Einbruchsopfer noch nicht zurückgekehrt, und Ruth erwartete auch nicht, dass diese Gespräche die Delikte tatsächlich aufklären würden. Aber sie fand, dass Alice diese kleine Belohnung trotzdem verdient hatte.

Ruth steuerte ihr Büro an. Hagen Reese war bereits anwesend. Er blickte von seinem Computerbildschirm auf, einen geschäftstüchtigen Ausdruck im Gesicht.

»Ich lasse gerade die Fingerabdrücke des Mordopfers durch die Polizeidateien laufen«, erläuterte er. »Ich bin mal gespannt, ob dieser Mann bei der Polizei aktenkundig geworden ist.«

»Rainer Engel soll er angeblich heißen«, verkündete Ruth und setzte sich an ihren Schreibtisch. »Wenn Sie keinen Treffer erhalten, versuchen Sie im Internet Informationen über Personen mit diesem Namen zu sammeln.«

»Rainer Engel?«, wiederholte Hagen zweifelnd. »Einen unschuldig klingenderen Namen kann es jawohl gar nicht geben.«

»Ich kann mir gut vorstellen, dass irgendjemand auf dieser Welt tatsächlich so heißt«, hielt Ruth dagegen. »Unmöglich ist es jedenfalls nicht.«

»Fred Hofmann«, rief Hagen plötzlich aus. »Unser Mordopfer heißt Fred Hofmann! Und er ist alles andere als ein reiner Engel.« Hagen beugte sich vor, und seine Augen bewegten sich rasch hin und her, während er die Einträge in der Polizeiakte auf dem Bildschirm überflog. »Betrug, Einbruch, Hehlerei. Wiederholungstäter«, zählte er auf. »Er saß einige Jahre ein, befindet sich seit zwei Monaten allerdings auf freiem Fuß.«

»Und es besteht kein Zweifel, dass das unser Mann ist?«

»Fred Hofmanns Aussehen stimmt mit dem der Leiche überein – und die Fingerabdrücke sowieso«, bestätigte Hagen.

Ruth fuhr sich mit dem Zeigefinger nachdenklich über die Lippen. »Einbruch«, sagte sie gedehnt. »Wenn das kein Zufall ist.«

»So zufällig wie der Sonnenaufgang am frühen Morgen«, erwiderte Hagen.

Ruth drehte sich mit dem Sessel ihrem Partner zu. »Die Kollegen der Spurensicherung haben ihre Arbeit im Hafen abgeschlossen, nehme ich an?«

Hagen nickte. »Die Leiche wurde vom Bestatter abtransportiert und ist auf dem Weg in die Emder Pathologie. Der Traktoranhänger wurde von mir, zur Freude von Jens Sören, schließlich freigegeben.«

»Was können Sie über die Untersuchung des Toten vor Ort berichten?«, erkundigte sich Ruth.

»Doktor Fixlmillner hat Ihre Beobachtung bestätigt. Das Opfer starb durch einen tiefen Einstich in die Brust. Das Herz wurde durchbohrt. Der Mord muss seiner ersten Einschätzung nach etwa um Mitternacht plus minus eine Stunde stattgefunden haben.«

»Wurden irgendwelche Spuren sichergestellt?«

»Am Anhänger gab es mehrere Fingerabdrücke. Die Auswertung steht aber noch aus.« Hagen deutete auf den Speicherstick, der in einem Slot seines PC steckte. »Die Daten wurden vor Ort digitalisiert, und man hat uns eine Kopie davon bereitgestellt. Bisher habe ich nur die Prints des Opfers gecheckt.«

»Und sonst?«

Hagen zuckte mit den Schultern. »Sonst hat der Löschkai an verwertbaren Spuren nichts hergegeben. Es war dort ja bereits gearbeitet und von Jens Sören mit dem Bagger gespült worden. Wenn es an diesem Pier Spuren des Mordes gegeben hat, so sind sie jetzt jedenfalls nicht mehr vorhanden. Überwachungskameras gibt es in diesem Bereich auch nicht.« Hagen hob kurz den Zeigefinger, als wäre ihm noch ein Punkt eingefallen, den er nicht erwähnt hatte. »Doktor Fixlmillner schließt es übrigens aus, dass der Tote von dem Bagger zusammen mit dem Beifang von Bord des Krabbenkutters geholt wurde. Dieser Vorgang hätte bei dem leblosen Körper unweigerlich Spuren hinterlassen, meinte er. Wir können also sicher davon ausgehen, dass die Leiche bereits im Anhänger lag, als der Beifang darin abgeladen wurde.«

Ruth nickte beiläufig. Etwas anderes hatte sie auch nicht erwartet. Partien des Leichnams, wie etwa Arme oder Beine hätten unweigerlich zwischen den Schaufelbacken hervorgeschaut, wenn die Leiche von ihnen erfasst worden wäre. Jens Sörens diesbezügliche Äußerungen hatte Ruth nie in Zweifel gezogen. Die Leiche von Fred Hofmann hatte im Anhänger gelegen, als der Verladevorgang begann.

Dennoch blieb die Frage ungeklärt, wie er dort hineingekommen war und ob es sich bei dem Kipper um den Tatort handelte. Leider hatten die Untersuchungen der Spurensicherung diese Fragen bisher nicht klären können, denn während des Löschens des Gammels waren alle Spuren, die eventuell vorhanden gewesen waren, vom Kai hinweggespült worden.

Ein Klopfen schallte von der Bürotür herüber. Das Türblatt schwang auf und Alice steckte den Kopf herein. Sie kaute übertrieben und hielt das Krabbenbrötchen in die Höhe. »Danke dafür«, sagte sie mit vollem Mund.

»Haben Sie sich diese Belohnung denn auch verdient?«, stichelte Ruth. »Sind die Einbrüche nun aufgeklärt?«

Alice trat ein und hob verlegen eine Schulter. »Darum habe ich schon einmal einen Bissen genommen«, nuschelte sie kauernd. »Damit Sie mir das Brötchen nicht wieder wegnehmen, wenn Sie hören, dass meine Befragungen nichts ergeben haben.«

In gespielter Empörung verschränkte Ruth die Arme vor der Brust. »Die Einbruchsopfer haben Fred Hofmann also nie zuvor zu Gesicht bekommen?«

Alice kaute hastig und schluckte dann eifrig. » Fred Hofmann?«, fragte sie verwirrt.

»Rainer Engels wahrer Name«, warf Hagen erklärend ein.

Alice leckte Mayonnaise von ihrem Zeigefinger. »Wie ernüchternd.« Erneut hob sie eine Schulter. »Weder Bernd Forker noch Clara Soßt wollen den Mann auf dem Foto gesehen, geschweige denn gekannt haben«, sagte sie dann in sachlichem Tonfall. »Wenn Fred Hofmann bei ihnen eingebrochen ist, hatte er dort zuvor nicht die Lage sondiert, wie er es bei der Psychologenpraxis anscheinend gemacht hat.«

Ruth sah kurz zu Hagen hinüber. »Die in den Einbruchsobjekten sichergestellten Fingerabdrücke geben auch keinen Aufschluss, wie ich annehme?«

Hagen schüttelte bedauernd den Kopf. »Kein einziger dieser Prints hat in den elektronischen Polizeiarchiven einen Treffer ergeben. Sie stammen also nicht von unserem Mordopfer, was nicht zwangsläufig bedeuten muss, dass Fred Hofmann diese Einbrüche nicht doch begangen haben könnte. Jemanden, der Derartiges professionell betreibt, wird umsichtig agieren, Handschuhe tragen und darauf achten, dass er auch sonst keine Spuren hinterlässt.«

»Aber warum sollte Fred Hofmann Klientenakten stehlen wollen?«, warf Ruth eine Frage in den Raum. »Und warum hat er in den anderen Objekten, in die er mutmaßlich eingebrochen ist, Wertgegenstände größtenteils links liegen lassen?«

Hagen wiegte selbstkritisch den Kopf. »Das passt nicht zu jemanden, der stiehlt, um seinen Lebensunterhalt damit zu bestreiten«, musste er einräumen.

Als befürchtete sie, Ruth könnte ihr angesichts der unbefriedigenden Lage das Krabbenbrötchen doch noch wegnehmen, biss Alice herzhaft hinein. »Befinden wir uns etwa auf dem Holzweg?«, nuschelte sie dann.

Ruth verschränkte die Arme. »Wollte Fred Hofmann am Ende womöglich wirklich nur eine Therapiesitzung?«, fragte sie wie zu sich selbst. Kurz berichtete sie Hagen und Alice von ihrem Telefonat mit Marie Ellenberg.

»Der Arme«, tat Alice der Mann plötzlich leid. »Vielleicht wollte er mithilfe der Psychologin bloß seinen kleptomanischen Drang in den Griff kriegen. Und dann wurde er ermordet!«

»Diese verschwundenen Klientenakten sind der einzige Anhaltspunkt, der uns irgendwie weiterbringen könnte«, sinnierte Ruth. Entschlossen griff sie nach dem Telefon auf ihrem Schreibtisch und wählte die Nummer der Psychologenpraxis.

Erst nach mehrmaligen Klingeln nahm Elga Ahrens das Telefonat entgegen.

»Hauptkommissarin Ruth Fasan hier«, sagte Ruth ungeduldig. »Haben Sie in Frau Ellenbergs Wohnung nachgesehen, ob sich die fehlenden Akten dort befinden?«

»Dazu bin ich noch nicht gekommen«, gab Elga reserviert zurück. »Ich musste zuerst noch die Formulare für die Versicherung ausfüllen.«

»Diese Informationen sind für unsere Mordermittlungen relevant«, schimpfte Ruth. »Wollen Sie die Polizeiarbeit etwa behindern?«

»Nein, natürlich nicht«, beeilte sich Elga zu versichern.

»Dann nennen Sie mir jetzt zumindest die Namen der Patienten, deren Akten fehlen!«, forderte Ruth streng. »Frau Ellenberg hat Ihnen erlaubt, sie preiszugeben.«

»Ja, das hat sie.« Elga zögerte kurz. »Deddo Hansen und Clara Soßt«, sagte sie dann. »Aber das sollte ich Ihnen eigentlich erst sagen, nachdem ich in der Wohnung nachgesehen habe.«

»Frau Ellenberg wird es Ihnen nachsehen.« Ruth schrieb die Namen auf einen Zettel und hielt ihn dann hoch, damit Hagen einen Blick darauf werfen konnte.

»Clara Soßt«, entfuhr es ihrem Partner, als er die Namen las.

Alice verschluckte sich daraufhin fast an den Krabben, auf denen sie gerade genüsslich herumkaute. »Das ist ja ein Ding«, sagte sie mit gedämpfter Stimme, um Ruth nicht beim Telefonieren zu stören. »Bei der wurde doch auch eingebrochen!«

»Ich werde jetzt bei Ihnen vorbeifahren, und dann begeben wir uns gemeinsam in die Wohnung von Frau Ellenberg«, bestimmte Ruth an die Sekretärin gerichtet. »Weitere Verzögerungen werde ich nicht mehr hinnehmen!« Sie schmetterte das Telefon auf die Ladestation und erhob sich. »Auf gehts!«, rief sie Hagen zu. »Wir werden diese Angelegenheit jetzt ein wenig vorantreiben!« Und an Alice gewandt sagte sie: »Sie versuchen derweil herauszufinden, wo Fred Hofmann abgestiegen ist. Er hat sich einige Tage in Greetsiel aufgehalten, wie wir wissen. Irgendwo wird er genächtigt haben. Ich will wissen wo, und mich dort dann umschauen!«

»Ich kümmere mich darum«, versprach Alice und schwenkte das Brötchen ungestüm herum, sodass ein paar Krabben auf den Boden fielen.

Kapitel 3

Elga Ahrens fühlte sich in ihrer Haut unwohl, das konnte Ruth ihr deutlich ansehen. Mit zwischen die Knie geklemmten, gefalteten Händen saß sie auf der Rücksitzbank des zivilen Einsatzwagens und blickte unstet aus dem Fenster, während draußen die kleinen Backsteinhäuser von Greetsiel an ihnen vorbeizogen.

Ruth plagte kein schlechtes Gewissen, weil sie die Sekretärin mit ihrer forschen Art überrumpelt hatte und sie zu Handlungen verleitete, die nicht unbedingt im Sinne von Elga Ahrens Arbeitgeberin waren. Aber der Hauptkommissarin brannte ein wenig die Zeit unter den Nägeln. Die ersten achtundvierzig Stunden nach einem Morddelikt waren erfahrungsgemäß entscheidend für die Aufklärung des Verbrechens. Jede Verzögerung der Ermittlungen ließ die Aussichten schrumpfen, Spuren zu finden und den Mord tatsächlich aufzuklären. Und das war eine Sache, die Ruth nicht hinzunehmen gewillt war.

»Da vorne ist es«, sagte Elga und deutete mit widerwilligem Fingerzeig auf ein Mehrfamilienhaus. Hagen hatte den BMW soeben in eine Straße mit dem beredeten Namen Achterum gelenkt. Jetzt stoppte er das Fahrzeug am Straßenrand und schaltete den Motor aus.

Ruth verließ das Auto schwungvoll und öffnete für Elga die Tür, als handelte es sich bei ihr um eine in Gewahrsam genommene Person, die unbedingt bewacht werden musste.

Elga stieg geziert aus und strich den Rock ihres Kostüms umständlich glatt, ehe sie sich schließlich bequemte, auf das Wohnhaus zuzugehen. Ruth und Hagen folgten ihr dichtauf. Sie blieben auch dann unmittelbar hinter der Sekretärin, als diese zuerst die Haustür aufsperrte, anschließend die Treppe in den ersten Stock emporstöckelte und schließlich den Schlüssel in die Wohnungstür steckte.

Leicht befremdet schaute Elga über ihre Schulter hinter sich, weil Ruth und Hagen auf Tuchfühlung blieben, während sie die Wohnung der Psychologin betrat. »Sie dürfen nichts anfassen!«, sagte sie streng.

Ruth zuckte daraufhin bloß mit den Schultern. Sie würde nichts tun, was später womöglich als Fehlverhalten während der Ermittlungen ausgelegt werden könnte. Aber sie würde auch nichts unversucht lassen, endlich Fortschritte zu erzielen.

Elga hielt zielstrebig auf das Wohnzimmer zu. Ruth warf einen flüchtigen Blick in die Räume, an denen sie vorbeikamen. Als sie kurz darauf das Wohnzimmer betrat, war sie überrascht, wie üppig und farbenfroh dieser Raum eingerichtet war. Alles, was Marie Ellenbergs Praxis an Charme und Behaglichkeit missen ließ, schien sich in diesem Zimmer versammelt zu haben. An den Wänden hingen mit indischen Motiven bedruckte Tücher und von der Decke baumelten bauchige, knallrote Lampions. Ein flauschiger Flokati bedeckte den Großteil des Parkettfußbodens. In der Mitte des Raums stand ein Couchtisch aus dunklem Holz. Vor der einen Längsseite lagen dicke Patchwork-Sitzkissen auf dem Boden. Die Couch auf der gegenüberliegenden Seite war ein breites Ungetüm, auf dem man bequem hätte schlafen können. Der gemusterte Brokatstoff und die vielen mit Spiegelsegmenten bestickten kunterbunten Kissen und Nackenrollen ließen das Möbelstück aussehen, als stammte es direkt aus einer Karawanserei. Der Geruch nach erkaltetem Räucherstäbchenqualm haftete der gesamten Einrichtung an, zu der exotische Schubladenschränke ebenso dazugehörten wie ein Sideboard mit einer Stereoanlage nebst Plattenspieler darauf. Ihre Schallplattensammlung verwahrte Marie Ellenberg in alten, aneinandergereihten Holzkisten, auf denen Zimmerpflanzen standen.

Hagen trat an das Panoramafenster heran und zog den regenbogenfarbenen Seidenvorhang auf. Das gedämpfte Licht wurde daraufhin von hellem Sonnenschein verdrängt.

Wie ein rascher Blick nach draußen der Hauptkommissarin verriet, ging das Fenster auf das Neue Greetsieler Sieltief hinaus. Der Kanal lag nur einen Steinwurf von dem Wohnhaus entfernt.

»Die Klientenakten sind hier nicht«, sagte Elga bissig, während sie die Psychologie- und Philosophiezeitschriften hin und her schob, die auf dem Couchtisch lagen. Darunter befanden sich auch etliche Briefe und Werbebroschüren; ein heilloses Durcheinander, das verriet, dass der Ordnungssinn der Psychologin in gewissen Bereichen nicht sehr ausgeprägt war.

»Dann müssen wir wohl davon ausgehen, dass die Dokumente gestohlen wurden«, konsternierte Hagen und zog den Vorhang wieder zu.

Ruth sah sich nach wie vor aufmerksam um. Einen Fernseher gab es in diesem Zimmer ebenso wenig wie einen Laptop oder eine Gaming-Konsole. Von der Musikanlage abgesehen, die allerdings schon einige Jahrzehnte alt sein dürfte, war ein schnurloses Telefon das einzige moderne Technikgerät, mit dem dieser Raum ausgestattet war.

»Vielleicht befinden sich die Akten im Arbeitszimmer Ihrer Chefin«, sagte Ruth, in der Hoffnung, sich auch in den anderen Räumen ein wenig umschauen zu können.

Elga deutete um sich. »Das hier *ist* das Arbeitszimmer von Frau Ellenberg«, erklärte sie. »Außer diesem Raum verfügt ihre Wohnung nur noch über ein kleines Schlafzimmer, die Küche und ein Bad.« Demonstrativ klimperte sie mit dem Wohnungsschlüssel. »Wir sind hier jetzt fertig«, bestimmte sie. »Die Akten von Deddo Hansen und Clara Soßt sind unauffindbar. Sie sind während des Einbruchs also wohl gestohlen worden … wie Ihr Kollege bereits richtig geschlussfolgert hat.«

Als wäre damit alles gesagt, wandte Elga sich um und verließ das Zimmer. »Bringen Sie mich jetzt bitte zurück in die Praxis«, forderte sie. »Es gibt dort noch eine Menge für mich zu tun!«

Hagen warf Ruth einen fragenden Blick zu.

»Gehen wir«, sagte die Hauptkommissarin einsichtig. »Immerhin sind wir jetzt einen Schritt weiter.«

Elga wartete im Treppenhaus darauf, dass die Kriminalisten die Wohnung endlich verließen. »Sparen Sie es sich, mich zu fragen, was in den betreffenden Akten geschrieben steht«, sagte sie kämpferisch, während sie die Wohnungstür abschloss. »Ich weiß es nämlich nicht. Und außerdem dürfte ich es Ihnen auch gar nicht verraten. Alles, was ich Ihnen sagen kann, ist, dass diese beiden Klienten in Greetsiel leben und regelmäßig mindestens einmal im Monat bei Frau Ellenberg einen Termin haben.« Sie lächelte frostig. »Das teile ich Ihnen nur mit, damit Sie mir nicht vorwerfen, ich würde die Ermittlungen behindern wollen.«

Ruth nickte der Frau dankend zu. »Die Adressen dieser Klienten hätte ich dann noch gerne erfahren«, sagte sie.

Elga schnaubte und eilte die Stufen hinab. Dabei haspelte sie halblaut die Anschriften herunter. Hagen gab sie fingerfertig ins Notizbuch seines Handys ein.

Draußen angekommen setzte sich Ruth an die Spitze der Gruppe. Sie hatte es jetzt eilig, die Sekretärin zurück in die Praxis zu bringen, denn anschließend stand ein Besuch bei Deddo Hansen und Clara Soßt an. Sie musste unbedingt herausfinden, was Fred Hofmann an den Akten dieser beiden Personen interessiert haben könnte, und ob dieses Interesse womöglich mit seiner Ermordung zusammenhing.

*

Ruth und Hagen einigten sich darauf, Clara Soßt zuerst einen Besuch abzustatten, da bei ihr ebenfalls eingebrochen worden war. Die knapp über dreißig Jahre alte Frau lebte allein in einer kleinen Wohnung im Paterre eines mehrgeschossigen Friesenhauses im Otto-Ponath-Weg. Clara hatte das Haus von ihrer kürzlich verstorbenen Mutter geerbt, bewohnte jedoch lediglich die kleine Einliegerwohnung, während sie die übrigen Zimmer in dem ursprünglichen Zustand belassen hatte.

Clara arbeitete für einen ambulanten Pflegedienst als Altenpflegerin, hatte sich nach dem Einbruch allerdings ein paar Tage Sonderurlaub genommen, um das Chaos zu beseitigen, das im Haus angerichtet worden war.

All dies hatten Hagen und Alice im Laufe der Ermittlungen herausgefunden, die sie aufgrund des Einbruchs angestrengt hatten. Und nun war der Name Clara Soßt zusätzlich auch noch im Rahmen der Mordermittlungen aufgetaucht.

Nachdem Hagen an der Haustür geklingelt hatte, wurde ihnen von einer äußerst üppigen Frau mit brünetten gewellten Haaren geöffnet. Sie trug legere Freizeitkleidung, die nicht besonders akkurat saß und eher einen nachlässigen Eindruck vermittelte. Claras braune Augen waren auffallend gerötet und das Gesicht wirkte aufgequollen.

»Schon wieder die Polizei?«, fragte sie freudlos und wischte sich mit dem Handballen fahrig ein paar Tränen von den Wangen. »Was wollen Sie denn noch von mir?« Vorwurfsvoll sah sie Hagen dabei an.

Ruth musterte die Frau, von der sie annahm, dass es sich um Clara Soßt handelte. Da Hagen sich um die Einbrüche gekümmert hatte und sie dieser Frau noch nie über den Weg gelaufen war, stand sie ihr heute das erste Mal gegenüber. »Hauptkommissarin Ruth Fasan«, stellte sie sich vor, auch, um Clara deutlich zu machen, dass das Anliegen der Polizei diesmal weit über den Einbruch hinaus ging.

Clara schien dies auch sofort zu begreifen, denn ihre Miene verfinsterte sich. »Was … kann ich denn für Sie tun?«, fragte sie unbehaglich.

»Wir kommen hoffentlich nicht ungelegen«, merkte Ruth zum Aufwärmen an und deutete auf Claras Gesicht.

»Ich … schneide gerade Zwiebeln«, erwiderte Clara daraufhin und schniefte. »Das endet jedes Mal in einem Desaster.«

»Wir müssen noch einmal wegen des Einbruchs mit Ihnen sprechen«, eröffnete Hagen ihr. »Und über Ihre Besuche bei der Psychologin Marie Ellenberg.«

Clara fuhr sich mit den Händen übers Gesicht und wischte die Handflächen dann an ihrer Stoffhose trocken. »Ich verstehe nicht ganz«, sagte sie.

»Warum bitten Sie uns nicht herein?«, fragte Ruth in aufgeräumter Stimmung. »Dann erklären wir es Ihnen in aller Ruhe.«

»Äh, ja. Natürlich.« Clara trat beiseite und deutete mit dem Arm fahrig in den Flur. »Bitte.« Sie verzog einen Mundwinkel. »Ich koche gerade. Ich hoffe, das macht Ihnen nichts aus.«

»Ganz und gar nicht«, übernahm Hagen die Initiative und trat als Erster ein. »Ich könnte Ihnen helfen und das Zwiebelschneiden übernehmen«, bot er an. »Ich bin ziemlich gut darin. Außerdem können Sie sich dann ungestört mit der Hauptkommissarin unterhalten.«

»Okay«, sagte Clara leicht überrumpelt. »Von mir aus.« Sie führte die Kriminalisten einen kurzen Flur entlang in die Küche. »Möchten Sie einen Tee?«, fragte sie.

Ruth winkte ab. »Machen Sie sich keine Umstände.« Sie schob einen der um den Küchentisch stehenden Stühle zurecht und bedeutete Clara, darauf Platz zunehmen. Zögernd kam diese der Aufforderung nach. Hagen trat derweil an die Anrichte, auf der Zwiebeln und Tomaten lagen. Offenbar sollte es Spaghetti geben, denn neben dem Herd lag eine Packung Nudeln.

Ruth ließ sich der Frau gegenüber auf einem Stuhl nieder. »Wie geht es Ihnen?«, fragte sie.

Clara rutschte mit dem Gesäß unbehaglich auf der Sitzfläche hin und her. »Ich fühle mich ein bisschen überfallen«, gestand sie.

»Dann werde ich gleich zur Sache kommen«, verkündete Ruth in einem Tonfall, als würde sie Clara damit entgegenkommen. »Nachdem der Einbrecher in Ihrem Haus sein Unwesen getrieben hat, ist er kurz darauf in der Praxis von Marie Ellenberg eingebrochen, wie es scheint.« Sie bedachte die Frau mit einem fragenden Blick. »Sie kennen Frau Ellenberg recht gut, nicht wahr?«

Clara nickte beklommen. »Sie ist meine Therapeutin. Aber …«

»Darf ich fragen, aus welchem Grund Sie die Hilfe einer Psychologin in Anspruch genommen haben?«, ließ Ruth sie nicht zu Wort kommen.

Clara sah zwischen den Kriminalisten verwirrt hin und her. »Was soll das hier werden?«, erkundigte sie sich befremdet. »Warum fragen Sie mich das alles?«

»Es gibt beim Zwiebelschneiden einen Trick«, verkündete Hagen übergangslos. Er hielt eine enthäutete Zwiebel empor. »Nachdem ich die Zwiebel geschält habe, halte ich sie unter fließendes Wasser. Dann schneide ich sie in Würfel. Die Feuchtigkeit verhindert, dass die Säfte der Zwiebel beim Zerkleinern hochspritzen und in die Augen gelangen.« Er trat an die Spüle, drehte den Wasserhahn auf und hielt die Zwiebel unter den Strom. »Soll mehr als nur diese eine Zwiebel für die Spaghettisoße verwendet werden?«, fragte er dabei wie beiläufig.

Ruth, die nicht wusste, was sie von Hagens Haushaltstipp halten sollte, horchte plötzlich auf. Seinen Worten war nämlich zu entnehmen, dass Clara noch gar keine Zwiebel geschnitten hatte. Für die Tränen in ihren Augen musste es folglich einen anderen Grund geben.

»Ich werde es mir merken«, sagte Clara und wandte sich dann Ruth zu. »Ich bin mir nicht sicher, ob ich mit Ihnen über meine Sitzungen bei Marie Ellenberg sprechen möchte«, sagte sie verhalten und schniefte dann kurz.

Ruth lächelte höflich. »Ich möchte Sie nicht beunruhigen, Frau Soßt«, sagte sie in sachlichem Tonfall. »Aber wir von der Polizei sind womöglich nicht die Einzigen, die den Grund für Ihre Therapie bei Frau Ellenberg in Erfahrung bringen möchten. Offenbar hatte der Einbrecher auch ein Interesse daran, denn er hat die Klientenakte, die Frau Ellenberg über Sie angelegt hat, offenbar gestohlen.«

Clara schoss von ihrem Stuhl hoch. »Das … ist beängstigend«, stieß sie aus und setzte sich langsam wieder. »Was … was hat das zu bedeuten? Bin ich in meinem Haus jetzt nicht mehr sicher?«

Ruth wiegte abwägend den Kopf. »Die Streifenpolizistin Alice Bergmann war heute Vormittag bei Ihnen und hat Ihnen das Foto eines Mannes gezeigt«, leitete sie zu einem anderen Thema über.

»Den kenne ich nicht!«, platzte es aus Clara hervor, wobei es in ihren Augen plötzlich feucht zu schimmern anfing. »Das hatte ich

Ihrer Kollegin auch schon gesagt!« Nervös nestelte sie an ihren Ärmeln herum. »Dieser Mann ... er wurde ermordet.« Ihr Gesicht wirkte gequält. »Ich verstehe nur nicht, warum Frau Bergmann mir dieses Foto unbedingt zeigen musste?«

»Es verdichtet sich der Verdacht, dass es sich bei diesem Mann um denjenigen handelt, der in Greetsiel die Einbruchsserie verübte«, setzte Ruth sie ins Bild.

Clara klappte der Mund auf. Doch sie brachte keinen Ton hervor. »Das ... das kann ich nicht glauben«, sagte sie einige Atemzüge später. Vehement schüttelte sie den Kopf. »Niemals!«

Ruth beugte sich vor und sah Clara eindringlich an. »Sie können sich also nicht vorstellen, dass dieser Mann in Ihr Haus eingedrungen ist?«

»Nein, das kann unmöglich sein!«

»Weil er nicht den Eindruck eines gemeinen Diebes auf Sie gemacht hat?«, fragte Ruth gelassen.

Clara starrte sie mit großen Augen an und presste den Mund zu, als wollte sie verhindern, dass ihr weitere unbedachte Worte entschlüpften. »Ich weiß nicht, was Sie meinen«, behauptete sie.

»Unter welchem Namen hatte sich dieser Mann Ihnen vorgestellt?«, gab Ruth jetzt einen Schuss ins Blaue ab. »Rainer Engel?«

Claras Lippen bebten, aber sie sagte kein Wort.

»Wir ermitteln hier in einem Mordfall«, erklärte Ruth geduldig. »Sollten wir herausfinden, dass Sie Rainer Engel sehr wohl kannten, wird sich Ihre jetzige Weigerung, es zuzugeben, später ungünstig auf Sie auswirken.«

Clara blickte erschrocken. Tränen rannen ihre fülligen Wangen hinab. »Wieso hätte Rainer denn bei mir einbrechen wollen?«, rief sie aufgebracht. »Und warum sollte er sich für das interessieren, was ich Frau Ellenberg während der Therapiesitzungen erzählt habe?« Wie gehetzt blickte sie zwischen den Kriminalisten hin und her. »Das ergibt für mich keinen Sinn!«

Ruth lehnte sich entspannt auf ihrem Stuhl zurück. »Diese Fragen würden wir gerne mit Ihnen abklären, Frau Soßt.«

»Warum haben Sie unsere Kollegin belogen und behauptet, Sie würden den Mann auf dem Foto nicht kennen?«, fragte Hagen von der Anrichte herüber, wobei er fortfuhr, die Zwiebel klein zu hacken.

Clara starrte auf ihre Hände hinab, die heftig zu zittern angefangen hatten. »Ich ... ich war geschockt. Mit Mord wollte ich nicht in

44

Verbindung gebracht werden. Ich musste es erst einmal verarbeiten, dass … dass Rainer umgebracht wurde.«

»Wo waren Sie denn heute um Mitternacht herum?«, fragte Ruth.

Gehetzt starrte Clara sie an. »Sehen Sie! Genau aus diesem Grund habe ich gelogen. Weil sonst nämlich in meinem Privatleben herumgeschnüffelt wird. Ich muss Dinge preisgeben, die ich lieber für mich behalten will.« Sie legte eine Hand auf ihre Brust. »Was in mir vorgeht, geht niemanden etwas an!«

Ruth zuckte gelassen mit den Schultern. »Wir tun nur unsere Arbeit. Beantworten Sie jetzt also bitte meine Frage.«

Ein Zittern durchlief Claras korpulenten Leib. Ruths Ansinnen schien ihr starkes körperliches Unbehagen zu bereiten. »Ich … ich lag in meinem Bett«, sagte sie gepresst, als müsse sie sich zwingen, diese Worte über ihre Lippen zu bringen. »Und … und ich dachte, Rainer würde da ebenfalls liegen. An meiner Seite.« Sie schluchzte. »Als ich am frühen Morgen aufwachte, da … da war die Betthälfte neben mir leer und kalt.«

»Sie hatten also ein Verhältnis mit dem Mordopfer«, konstatierte Ruth. »Wie lange kannten Sie Herrn Engel denn schon?«

Clara stierte wie abwesend vor sich hin. »Seit knapp vierzehn Tagen – seit er nach Greetsiel kam.«

»Wie haben Sie ihn kennengelernt?«

Clara schlug die Hände vors Gesicht, als wollte sie sich wie ein Kind dahinter verstecken. »Auf dem Friedhof«, kam ihre Stimme dumpf hinter den Händen hervor. »Ich stand vor dem Grab meiner Mutter, als er mich ansprach.« Sie spreizte einen Zeigefinger ab und linste mit einem Auge durch den entstandenen Spalt. »Er lud mich einfach so zu einem Tee ein. Ich bin mit ihm gegangen. Seitdem waren wir zusammen.«

Ruth legte die Stirn in Falten. »Wussten Sie, dass er im Gefängnis eingesessen hatte?«

Clara ließ die Hände auf ihren Schoß sinken, schüttelte matt den Kopf. »Er hat mir nichts von sich erzählt. Und er stellte mir auch keine Fragen.« Ihr Gesicht hellte sich ein wenig auf. »Wir … wir lebten einfach für den Moment. Das war sehr schön – und wichtig. Anders hätte ich diese Nähe auch gar nicht ausgehalten.« Ein trauriges Lächeln erschien auf ihren Lippen. »Rainer hatte ein gutes Gespür für mich. Er muss geahnt haben, dass ich ihn von mir stoßen würde, wenn er anfinge, mir Fragen über mein Leben zu stellen.« Sie seufzte schwer. »Nur einmal, da hatte er mich gebeten, ihm die Räume meiner Mutter zu zeigen.« Aufgebracht fuchtelte sie mit den Händen. »Meine Mutter ... Sie durfte in meinem neuen Glück nicht vorkommen – das hätte alles zerstört! Ich war drauf und dran, mit Rainer schlusszumachen, als er meine Mutter ins Spiel brachte. Er entschuldigte sich und versprach, dieses Thema nie wieder anzuschneiden.« Sie schluchzte trocken auf. »Und daran hat er sich auch gehalten.«

Hagen hatte sich die Hände gewaschen und trat jetzt hinzu. »Hat Rainer Ihnen gesagt, warum er sich in den Zimmern Ihrer Mutter umsehen wollte?«, fragte er, während er sich auf einen freien Stuhl setzte.

Clara senkte den Kopf. »Nein. Die Wohnung meiner Mutter halte ich stets verschlossen. So wie ich mich ihr gegenüber verschlossen habe, um mich vor ihren Zudringlichkeiten zu schützen.«

»Dennoch hat sich Rainer offenbar Zutritt verschafft«, merkte Hagen an. »Er stieg durch das Fenster ein, dass Sie immer einen Spaltbreit offen lassen, damit es in den ungenutzten Räumen nicht muffig zu riechen anfängt.« Seine Annahme stützte sich auf Claras Aussage und seine Untersuchung während der Begehung des Zimmers, in dem der Einbruch stattgefunden hatte.

»Ich kann das nicht glauben«, sagte Clara kopfschüttelnd und fast ein bisschen trotzig.

»Wie viel Zeit ist zwischen Ihrer kleinen Unstimmigkeit mit Rainer und dem Einbruch vergangen?«, erkundigte sich Ruth.

»Der Einbruch ereignete sich in der darauffolgenden Nacht«, antwortete Clara arglos. »Da hatte ich Nachtschicht und war nicht zu Hause.« Sie machte ein finsteres Gesicht. »Ich kann nicht glauben, dass Rainer in der Bibliothek meiner Mutter gewütet haben soll. Warum sollte er so etwas tun? Als ich den Schaden bemerkte, der in der Wohnung meiner Mutter angerichtet wurde, erzählte ich ihm davon. Er war genauso schockiert wie ich. Er bot mir sogar an, dass ich in seiner Ferienunterkunft unterkommen könne, wenn ich mich wegen des Einbruchs zu Hause fürchtete. Aber das wollte ich nicht. Ich brauche meine vier Wände um mich herum, sonst fühle ich mich nicht wohl.«

Ruth und Hagen tauschten einen raschen Blick.

»Wo hat Rainer in Greetsiel denn gewohnt?«, fragte Ruth.

Clara sah sie verblüfft an. »Sie wissen nicht, wo Rainer abgestiegen ist?«

Ruth hob eine Augenbraue. »Wir stehen mit unseren Ermittlungen noch am Anfang.«

Clara nannte ihnen die Adresse. Es handelte sich um ein modernes Hotel bei den Greetsieler Grachten. Es verfügte über zahlreiche Zimmer und Suiten in verschiedenen Preislagen.

»Dieser Mann, den Sie unter dem Namen Rainer Engel kannten, er hieß in Wahrheit Fred Hofmann«, erklärte Ruth jetzt. »Er ist erst kürzlich aus dem Gefängnis entlassen worden, wo er wegen Einbruch, Diebstahl, Betrug und Hehlerei einsaß.«

Clara hielt sich die Ohren zu. »Das will ich alles gar nicht wissen!«, schrie sie.

Hagen legte beruhigend eine Hand auf die Tischplatte. »Haben Sie sich denn inzwischen überwinden können, in der Bibliothek ihrer Mutter aufzuräumen?«

Clara nickte und wischte sich mit den Handballen Tränen aus den Augen. »Es blieb mir ja keine andere Wahl. Sonst hätte ich unentwegt an meine Mutter denken müssen!«

»Haben Sie denn jetzt einen Überblick, ob etwas gestohlen wurde?«, erkundigte sich Hagen. »Bisher waren Sie sich diesbezüglich ja nicht ganz sicher gewesen.«

Clara knetete die Hände. »Wie es aussieht, fehlen einige Bände der Greetsieler Chronik, die meine Mutter verfasst hatte.« Sie sah zu Hagen auf. »Wie Sie vielleicht wissen, war meine Mutter Historikerin.« Sie verzog das Gesicht. »In der Vergangenheit anderer herumzuwühlen und nach Privatem zu forschen, um es ans Licht der Öffentlichkeit zu zerren, darin war sie ein Meister.« Sie schüttelte sich. »Vor ihr konnte man keine Geheimnisse haben!«

»Was hat es mit dieser Chronik auf sich?«, hakte Ruth nach.

Clara winkte verächtlich ab. »Das war ein Projekt, an dem meine Mutter seit Jahren arbeitete.« Sie seufzte wie befreit. »Aber sie ist nicht mehr dazu gekommen, ihr Werk zu vollenden oder gar zu veröffentlichen. Es wird gemeinsam mit ihr irgendwann in Vergessenheit geraten.«

Ruth fand diese Worte grausam und hart, ließ sich dies jedoch nicht anmerken. »Es sind lediglich einige Bände dieser Arbeit gestohlen worden, sagten Sie. Um welche genau handelt es sich?«

Clara blickte sinnierend an die Küchendecke. »Ich meine, es sind die Chroniken aus der Zeit von vor etwa sechzehn Jahren. Es fehlen insgesamt drei Bände.«

Ruth erhob sich unvermittelt. »Das war es von unserer Seite vorerst«, verkündete sie. »Aber ich fürchte, dass wir Sie in absehbarer Zeit noch einmal behelligen müssen.«

Clara kam unsicher auf die Beine und stützte sich dabei schwer auf den Küchentisch. »Rainer ... er ist um Mitternacht ermordet worden, nicht wahr?« Sie rieb mit den Handflächen über ihre Hosenbeine. »Und ich habe für diesen Zeitraum kein Alibi.«

»Das ist problematisch«, bestätigte Ruth die unausgesprochene Befürchtung der Altenpflegerin.

»Rainer ... Fred ... er hätte neben mir im Bett liegen sollen. Ich habe nicht bemerkt, dass er aufgestanden ist und das Haus verlassen hat. Er war immer so rücksichtsvoll.«

»Oder verschlagen und heimtückisch«, gab Ruth trocken zurück. Sie verabschiedete sich mit einem knappen Kopfnicken und wandte sich zum Gehen. Hagen wechselte mit der Frau noch ein paar höfliche Worte und beeilte sich dann, zu seiner Chefin aufzuschließen.

»Clara Soßt ist eine äußerst labile Person«, sagte er nachdenklich, nachdem sie das Haus verlassen hatten. »Ich kann mir denken, was sie in den Therapiestunden mit Marie Ellenberg zu besprechen hatte. Bestimmt ging es um ihre dominante Mutter.«

Ruth nickte unbestimmt. »Clara ist für jemanden mit Menschenkenntnis leicht zu durchschauen. So auch von Fred Hofmann. Er wusste, wie er sie zu nehmen hatte. Betrüger entwickeln ein gutes Gespür für die Schwächen anderer und wie sie diese einsetzen können, um ihre Opfer zu manipulieren.« Sie sah Hagen von der Seite an. »Er brauchte Claras Klientenakte eigentlich gar nicht. Außerdem trat er bereits etliche Tage vor dem Einbruch in die Psychologenpraxis in Claras Leben. Das passt irgendwie nicht so richtig zusammen.«

»Halten Sie es für denkbar, dass Clara Fred Hofmann getötet hat?«, fragte Hagen und entriegelte mithilfe der Fernbedienung die Türen des BMW.

»Ausschließen können wir es zumindest nicht.« Ruth begab sich auf die Beifahrerseite, öffnete den Wagenschlag und stieg ein.

*

»Fahren wir jetzt zuerst ins Hotel und sehen uns Fred Hofmanns Zimmer an?«, fragte Hagen und steckte den Schlüssel ins Zündschloss.

Ruth legte ihm eine Hand auf den Unterarm und hielt ihn davon ab, den zivilen Einsatzwagen zu starten. »Zuvor möchte ich mir ein klareres Bild von diesen Einbrüchen machen«, sagte sie überlegend. »Ich glaube kaum, dass sich Fred Hofmann die Objekte, in die er eingebrochen ist, willkürlich ausgesucht hat.«

Hagen lehnte sich in den Fahrersitz zurück und sah sinnierend durch die Windschutzscheibe. Ein paar Touristen, die Greetsiel mit dem Fahrrad erkundeten, fuhren an dem parkenden BMW vorbei. »Offenbar ging es ihm nicht bloß darum, Wertgegenstände zu stehlen«, ließ er sich auf Ruths Denkübung ein. »Was für einen Dieb sonderbar ist, der von der Veräußerung seiner Beute lebt.«

»Genau das gibt mir zu denken«, erwiderte Ruth. »Was ist so wertvoll an ein paar Klientenakten und der unveröffentlichten Dorfchronik einer Historikerin?« Sie sah Hagen von der Seite an. »Dieser dritte Einbruch, was wurde da eigentlich entwendet? Ich habe diese Diebstähle nur oberflächlich verfolgt, da Sie sich um alles kümmern sollten.«

»Dieses Delikt wurde im Büro des Greetsieler Yachthafenmeisters verübt«, frischte Hagen die Erinnerung der Hauptkommissarin auf. »Bernd Forker lautet sein Name. Er hat angegeben, dass die Kasse für die Liegegebühren der Yachten gestohlen wurde, die gastweise im Hafen festgemacht haben. Außerdem wurden die Karteien der Klubmitglieder durcheinandergebracht.« Hagen verzog den Mund. »Mit der Digitalisierung geht es beim Hafenmeister anscheinend nur schleppend voran. Das meiste läuft auf herkömmliche Art auf Papier. Und in diesen Unterlagen hat der Dieb ziemlich unsanft herumgewühlt. In dem Büro bot sich ein ähnlich chaotisches Bild wie in der Bibliothek von Clara Soßts Mutter und in Marie Ellenbergs Praxis.«

»Wie liefen diese Einbrüche chronologisch ab?«, erkundigte sich Ruth.

Hagen überlegte einen Moment. »Zuerst wurde die Wohnung von Clara Soßt heimgesucht. Zwei Tage später traf es die Psychologen-praxis. Tags darauf suchte der Ganove das Büro des Yachthafenmeisters auf. Das ist jetzt zwei Tage her. Dort hatte der Einbrecher besonders leichtes Spiel, denn die Tür war nicht ordnungsgemäß abgeschlossen gewesen.«

Ruth verzog unzufrieden das Gesicht. »Wenn ich doch nur ein Muster in diesen Einbrüchen erkennen könnte.« Sie seufzte. »Was wir brauchen, ist ein eindeutiger Beweis dafür, dass Fred Hofmann diese Delikte begangen hat. Bisher bewegen wir uns mit unserem Verdacht auf dünnem Eis. Wir brauchen unbedingt etwas Handfestes.«

Hagen startete den Motor. »Also fahren wir jetzt zu dem Hotel, in dem er abgestiegen ist, und sehen uns in seinem Zimmer um«, entschied er.

Ruths Handy klingelte. Alice Bergmann war am Apparat. »Ich habe herausgefunden, wo Fred Hofmann unter dem Namen Rainer Engel in Greetsiel ein Zimmer genommen hat«, verkündete sie stolz.

»In einem Hotel bei den Greetsieler Grachten«, fügte Ruth gelassen hinzu. »Wir sind gerade auf dem Weg dorthin.«

Alice gab einen missmutigen Laut von sich. »Und ich hatte schon gehofft, mir mit dieser Information ein weiteres Krabbenbrötchen verdient zu haben.«

»Es ist gar nicht gut für Sie, sich so viele Fischbrötchen einzuverleiben«, sagte Ruth, während Hagen den zivilen Einsatzwagen im Schritttempo die Straße entlangrollen ließ. Wie fast überall in Greetsiel war auch hier die Fahrgeschwindigkeit auf dreißig Stundenkilometer begrenzt. »Seien Sie froh, dass wir Ihnen in dieser Angelegenheit zuvorgekommen sind. Nicht, dass Sie am Ende noch eine neue Polizeiuniform beantragen müssen, weil Ihre alte Sie wegen übermäßigem Krabbenbrötchenkonsum zu sehr zu zwicken beginnt.«

Ruth nahm das Handy vom Ohr und lächelte verschmitzt. »Alice hat einfach aufgelegt«, sagte sie an Hagen gerichtet. »Ist das zu fassen?«

*

Die Hotelrezeptionistin schüttelte unentwegt den Kopf, während sie das Zimmer aufsperrte, in dem Rainer Engel untergekommen war. »Das habe ich auch noch nicht erlebt«, sagte sie aufgewühlt. »Mord. Es ist unglaublich. Ein Hotelgast wurde umgebracht! Das muss man erst mal verarbeiten.« Sie stieß die Tür auf und schickte sich an, über die Schwelle zu treten.

Ruth hielt sie an der Schulter zurück. »Wir kommen jetzt allein zurecht«, sagte sie höflich, aber bestimmend.

Die Frau blinzelte indigniert, als erwachte sie aus einem verwirrenden Traum. »Äh. Selbstverständlich«, sagte sie zerstreut und trat einen Schritt zurück. »Bitte entschuldigen Sie. Mord … so was ist mir noch nie untergekommen!«

Ruth nickte begütigend. Weil sich die Rezeptionistin trotz Vorzeigen der Dienstausweise mit ostfriesischer Gelassenheit dagegen gesperrt hatte, ihnen Zutritt zu Rainer Engels Zimmer zu gewähren, hatten sie ihr auseinandersetzen müssen, dass sie in einem Mordfall ermittelten. Seitdem war die Frau wie aus dem Häuschen und konnte sich gar nicht wieder einkriegen. »Trinken Sie in Ruhe eine Tasse Tee«, riet Ruth ihr. »Vielleicht fällt Ihnen dabei ein, ob Ihnen an Rainer Engel etwas verdächtig vorgekommen ist.« Sie lächelte zuvorkommend. »Sie wollen doch auch, dass der Mord an Ihrem Gast schnell aufgeklärt wird, nicht wahr?«

Die Frau nickte eifrig. »Auf jeden Fall«, versicherte sie. Sie tippte mit dem Zeigefinger gegen die Stirn. »Mir wird schon was einfallen – versprochen!« Sie ging ein paar Schritte rückwärts, drehte sich dann unsicheren Fußes um und stakste den Flur in Richtung der Aufzüge davon.

Hagen seufzte und schüttelte den Kopf. »Das erlebt man auch nicht oft, dass sich der Gleichmut einer Ostfriesin so schnell in Nichts auflöst und stattdessen hibbelige Nervosität zutage tritt.«

»Mord lässt eben nur die wenigsten Menschen unberührt.« Ruth schob sich an Hagen vorbei ins Hotelzimmer. Der Raum zählte zur niedrigen Preiskategorie des Hauses und war standardmäßig mit einem das Zimmer dominierenden Doppelbett, einer Schrankwand, einem Schreibtisch mit Stuhl und einem Fernseher ausgestattet. Eine abzweigende Tür führte in ein engbemessenes Badezimmer.

»Kaum größer als eine Gefängniszelle«, kommentierte Hagen nüchtern.

Fred Hofmann war offenkundig kein ordnungsliebender Mensch gewesen, denn auf dem Schreibtisch und der Fensterbank herrschte das reinste Chaos. Zerdrückte Getränkedosen und leeren Snack-verpackungen übersäten die Fensterbank, und der Schreibtisch war mit einem Wust aus Papieren bedeckt. Dass das Bett gemacht war und einige Kleidungsstücke zusammengelegt über der Stuhllehne hingen, war wahrscheinlich nur dem Zimmerservice zu verdanken, wie Ruth sich dachte.

Hagen fing an, mit behandschuhten Händen die Gegenstände auf dem Schreibtisch zu sichten. Am meisten interessierten ihn drei in hellbraunes Leder gebundene Bücher in DIN A4 Format. »Das müssen die Chronik-Bände aus Jella Soßts Wohnung sein«, sagte er und schlug eine der Kladden auf. »In der Tat. Das sind sie.« Er ließ die Seiten über seinen Daumen gleiten. »Die Chronik ist handschriftlich verfasst«, staunte er. »Die Schrift ist allerdings gut lesbar.«

Ruth nickte zufrieden. »Wir lagen also richtig. Fred Hofmann hat die Einbrüche verübt.«

»Zumindest den bei seiner Freundin.« Hagen legte die Kladde beiseite und zog dann nacheinander die Schreibtischschubladen auf. Aus der untersten holte er eine grüne Metallschatulle hervor. Der Deckel war gewaltsam aufgebrochen worden. Hagen klappte die Schatulle auf und hielt sie seiner Chefin hin, damit sie einen Blick auf die Münzen und Scheine werfen konnte. »Noch ein Beweis: Die Kasse aus dem Büro des Yachthafenmeisters«, erläuterte Hagen.

Ruth trat nun ebenfalls an den Schreibtisch heran. Er war mit Papierbögen bedeckt. Wie das aufgedruckte Hotelemblem am oberen linken Rand der Zettel verriet, waren sie von einem Schreibblock des Hotels abgerissen worden. Die Blätter waren kreuz und quer mit blauem Kugelschreiber vollgekritzelt. Offenbar handelte es sich um rasch hingeworfene Lagepläne und Grundrisse. Die Beschriftung war allerdings kaum zu entziffern. Dennoch war ersichtlich, dass es sich um Zeichnungen handeln musste, die Fred Hofmann von den Objekten angefertigt hatte, die er für seine Einbrüche auserkoren hatte. Ruth meinte sogar, die Umrisse der Psychologenpraxis wiederzuerkennen.

»Dieser Gauner muss sich seiner Sache ziemlich sichergewesen sein«, sagte Hagen. »Die verdächtigen Papiere hier so offen herumliegen zu lassen …«

»Zeugt davon, dass er offenbar nicht mit Schwierigkeiten gerechnet hatte«, vervollständigte Ruth. »Und am wenigsten wohl damit, dass ihn jemand nach dem Leben trachten könnte.«

Hagen kontrollierte jetzt den Kleiderschrank und die Nachtschränk-chen, während Ruth einen Blick ins Badezimmer warf. Eine einsam in einem Becherglas steckende Zahnbürste war der einzige private Gegenstand im Bad. Handtücher, Seife und Waschlappen stammten alle aus Hotelbeständen.

»Kein Handy und kein Ausweis«, rief Hagen seiner Chefin zu. »Nichts dergleichen ist hier zu finden.«

»Diese Dinge hatte er wahrscheinlich bei sich, als er ermordet wurde«, mutmaßte Ruth, während sie das Badezimmer verließ. »Der Mörder hat ihm alles abgenommen, vermutlich, damit wir den Leichnam nicht so schnell identifizieren können.«

Hagen deutete um sich. »Der Mörder wollte also Zeit schinden, ehe wir das alles hier entdecken?«

Ruth setzte sich auf die Bettkante. Im Grunde gab es hier für sie nicht mehr allzu viel zu tun. Dennoch gab sie dem Impuls nach, noch ein wenig im Hotelzimmer des Mordopfers zu verweilen. »Die Klientenakten«, sagte sie dann wir zu sich selbst. »Warum können wir die hier nicht finden?«

»Das habe ich mich auch schon gefragt.« Als hätte er plötzlich eine Eingebung schlug Hagen sich mit der flachen Hand gegen die Stirn. Er beugte sich herab, packte die linke der beiden Matratzen, aus denen sich das Doppelbett zusammensetzte, und hob sie ungestüm hoch.

»Nichts!«, sagte er enttäuscht, nachdem er auch unter der Lattenrostauflage nachgesehen hatte.

Ruth erhob sich und wuchtete die Matratze hoch, auf der sie gesessen hatte. Erstaunt hob sie eine Augenbraue. Auf der Lattenrostauflage aus Vlies lag ein schmaler Aktenordner, wie Marie Ellenberg sie für die Archivierung ihrer Klientenunterlagen verwendete. Auf dem kleinen Reiter stand der Name Clara Soßt.

Während Ruth die Matratze mit einer Hand in aufrechter Position hielt, nahm sie die Mappe an sich. »Fred Hofmanns Bettlektüre«, sagte sie trocken und hielt das Fundstück mit ausgestrecktem Arm in die Höhe, damit Hagen, der auf der anderen Bettseite stand, es sehen konnte. »Offenbar konnte er der Versuchung nicht widerstehen, auf diesem Weg ein bisschen mehr über Clara Soßt zu erfahren.«

Die Kriminalisten untersuchten das Bett nun noch genauer, sahen unter den Bettdecken, Kissen und den Spannbettlacken nach. Die Klientenakte von Deddo Hansen fanden sie jedoch nicht.

Ruth bedachte das jetzt hoffnungslos zerwühlte Bett mit einem bedauernden Blick. Die Arbeit der Reinigungskraft hatten sie komplett zunichtegemacht. »Wir bitten die Kollegen der Spurensicherung, sich dieses Zimmer noch einmal vorzuknöpfen«, bestimmte sie. »Aber ich habe wenig Hoffnung, dass wir die noch fehlende Akte hier finden werden.«

Die Chroniken und die Klientenakte unter dem Arm geklemmt, trat Ruth auf den Flur hinaus. Hagen verließ das Zimmer ebenfalls und klebte ein Polizeisiegel in die Kante, die das Türblatt und die Türzarge bildeten. Anschließend begaben sie sich zur Rezeption.

Die Frau hinter dem Empfangstresen hatte zu ihrer ostfriesischen Gelassenheit offenbar zurückgefunden, denn sie führte das Gespräch mit dem Hotelgast zuerst in Ruhe zu Ende, ehe sie sich dann den Kriminalisten zuwandte.

Als Ruth ihr mitteilte, dass Rainer Engels Zimmer versiegelt worden war und nachher von der Spurensicherung noch einmal gründlich durchsucht werden würde, hob sie nur gelassen die Schultern.

»Herr Engel hat für drei weitere Tage im Voraus bezahlt«, berichtete sie. »So lange kann die Polizei so oft sie will dort ein- und ausgehen.«

Hagen ließ sich von der Frau den Eintrag ins Gästebuch zeigen. »Hatte Herr Engel seinen Personalausweis vorgelegt?«, erkundigte er sich.

Die Rezeptionistin schüttelte den Kopf. »Er hat lediglich die Buchungsbestätigung des Onlineportals vorgelegt, über das die Buchung abgewickelt wurde. Das reicht zur Identifizierung vollkommen aus.«

»Hat Herr Engel sich in irgendeiner Weise auffällig verhalten?«, hakte Ruth noch einmal nach.

Die Frau hob gleichmütig eine Schulter. »Er kam mir wie ein ganz gewöhnlicher Gast vor.« Sie schüttelte sich. »Und jetzt stellt sich heraus, dass er ermordet wurde.« Sie fasste sich wieder. »Ich werde meine Kollegen fragen, ob denen an dem Herrn eventuell was aufgefallen ist. Ich melde mich bei Ihnen, sollte dies der Fall sein.«

Die Kriminalisten bedankten sich pflichtschuldig und wandten sich zum Gehen.

»Lassen Sie es mich wissen, wenn Sie den Mörder gefasst haben!«, rief die Rezeptionistin ihnen nach, woraufhin die im Foyer anwesenden Gäste der Hotelangestellten befremdete Blicke zuwarfen.

*

Ruth verstaute die Unterlagen aus Fred Hofmanns Hotelzimmer im Handschuhfach des zivilen Einsatzwagens und streifte die Einmalhandschuhe ab.

»Auf den Inhalt dieser Chroniken bin ich schon sehr gespannt«, sagte Hagen und startete den Motor. Er bedachte Ruth mit einem Seitenblick. »Wie werden wir mit Clara Soßts Klientenakte verfahren? Werden wir uns die durchlesen?«

»Wenn es uns erforderlich erscheint, werden wir es tun. Dann aber nur mit Rücksprache des Staatsanwaltes.«

Hagen fuhr los, woraufhin Ruth wie beiläufig sagte, dass er zur Wohnadresse von Deddo Hansen fahren sollte.

»Dessen Akte haben wir unter dem Diebesgut doch gar nicht gefunden«, äußerte sich Hagen zurückhaltend.

»Das kann alles Mögliche bedeuten«, erläuterte Ruth. »Zum jetzigen Zeitpunkt wäre es verfrüht, Deddo Hansen aus unseren Ermittlungen auszuschließen. Dafür wissen wir einfach noch zu wenig. Es kann also nicht schaden, das Gespräch mit diesem Mann zu suchen, von dem uns noch so gut wie gar nichts bekannt ist.«

Hagen nickte einsichtig. »Deddo Hansen ist in der Straße Ant Hellinghus gemeldet«, sagte er. »Die verläuft parallel zum Alten Deich, liegt also in unmittelbarer Nähe des Krabbenkutterhafens.«

»Dann nichts wie hin«, sagte Ruth aufmunternd. »Vielleicht haben wir Glück, und Herr Hansen ist zu Hause anzutreffen.«

Sechzehn Minuten benötigte Hagen für die Strecke zum Hafen. Das Haus, in dem Deddo Hansen wohnte, lag am Anfang von Ant Hellinghus. Das Grundstück mit dem einfachen Backsteinhaus darauf lag zwischen Straße und Deich eingeklemmt und war kaum größer als die Grundfläche des Wohnhauses. Das Gebäude hatte einen hohen Giebel, der Richtung Hafen blickte. Der schmale Garten rundherum wirkte äußerst gepflegt. Das Gelände war optimal ausgenutzt, sodass sogar Platz für einen Strandkorb und eine gemütliche Sitzecke geblieben war.

»Ein behagliches Heim«, äußerte sich Ruth. Es war eines der wenigen Häuser an diesem exponierten Standort, das ausschließlich von Einheimischen bewohnt wurde und keine Fremdenzimmer für Gäste bereithielt. Jedenfalls konnte Ruth kein Schild ausmachen, das für eine Ferienunterkunft warb.

Während Ruth das hübsche Haus bestaunte, klingelte Hagen an der Tür. Ein Mann von etwa sechzig Jahren öffnete. Er trug ein Fischerhemd mit hochgekrempelten Ärmeln und eine braune Cordhose. Sein wettergegerbtes Gesicht zierte ein gestutzter Vollbart, in dem sich etliche silberne Haare abzeichneten.

»Jo, Moin«, grüßte der Mann freundlich und taxierte Hagen dabei von oben bis unten. Auch Ruth warf er einen kurzen Blick zu. »Sie habe ich in Greetsiel schon mal gesehen«, sagte er betulich und in einem Tonfall, als würde ihn dies überaus zufriedenstellen.

»Sind Sie Deddo Hansen?«, fragte Hagen und hielt dem Mann seinen Dienstausweis vors Gesicht.

Der Gefragte lachte herzhaft auf. »Habe ich mich wirklich so gut gehalten, dass Sie mich gerade mal für volljährig einschätzen?«, fragte er amüsiert.

Hagen verstaute seinen Ausweis. »Sie sind also nicht Deddo Hansen«, konstatierte er und stellte dem Mann dann seine Chefin und sich vor.

Die Miene des Mannes verfinsterte sich ein wenig. »Sie sind beruflich hier? Was will die Polizei denn von meinem Jungen?«, fragte er mit einer Spur plötzlichen Misstrauens in der Stimme. »Hat er etwa was ausgefressen?«

»Wir wollen uns lediglich mit Ihrem Sohn unterhalten«, erwiderte Ruth entspannt. »Wenn es sich bei dem denn um Deddo Hansen handelt.«

»Das tut es.« Der Mann trat nach draußen und streckte Ruth an Hagen vorbei die Hand hin. »Boie Hansen, mein Name. Wir hatten noch nicht das Vergnügen. Aber ich weiß sehr wohl, wer Sie sind«, sagte er, während er Ruths Hand ausführlich schüttelte. Dann wandte er sich Hagen zu und ergriff auch seine Hand. »Sie sind doch mit der Hebamme Dünya Hennigs liiert, nicht wahr?«, fragte er jetzt deutlich vergnügter.

»Ist Deddo denn nun zu sprechen?«, wollte Ruth wissen.

Boie nickte zurückhaltend. »Er ist gerade aus der Schule heimgekehrt.« Stolz reckte er die Brust. »Mein Junge besucht das Gymnasium in Emden, müssen Sie wissen.«

Eine Frau tauchte in der Türöffnung auf. Sie musste in etwa so alt wie Boie sein und trug ein robustes helles Kleid. Ihr brünettes Haar war praktisch-kurz geschnitten. Ihrem pummeligen, gutmütigen Gesicht war anzusehen, dass es Sonne, Wind, Salz und Meer nicht weniger intensiv ausgesetzt gewesen war als das von Boie. »Was tüdelst du denn hier so lange an der Tür rum«, sprach sie Boie an. »Im Garten wartet noch Arbeit auf dich!« Sie furchte die Stirn, als sie Ruth und Hagen jetzt betrachtete. »Polizei?«, fragte sie verwundert. »Wie kommen wir denn zu der Ehre?«

»Sie wollen sich mit Deddo unterhalten«, erläuterte Boie. »Das ist Gretje, meine bessere Hälfte«, sagte er dann an Ruth und Hagen gerichtet.

Gretje setzte eine verschlossene Miene auf. »Das ist jetzt gerade ungünstig. Deddo muss Hausaufgaben machen.« Sie legte ihrem Mann eine Hand auf die Schulter. »Sie können sich aber ebenso gut auch mit uns unterhalten. Deddo hat keine Geheimnisse vor uns. Es gibt nichts, was wir nicht über ihn wissen würden.«

Ruth lächelte zuvorkommend. »Das habe ich von meiner Tochter auch immer geglaubt. Sie würden sich wundern, was ein Kind so alles treibt, von dem die Eltern keinen blassen Schimmer haben.«

Gretje wirkte plötzlich beunruhigt. »Deddo hat doch wohl hoffentlich keinen Unfug getrieben? Das würde mich sehr wundern. Er ist ein braver Junge.«

»Wir können auch später noch mal wiederkommen, wenn es jetzt nicht passt«, sagte Hagen höflich. »Sprechen müssen wir Ihren Jungen auf jeden Fall.«

Boie hob kurz die Hände, die schwielig und rau aussahen. »Dann können wir das auch jetzt gleich erledigen«, lenkte er ein und warf seiner Frau einen kurzen Blick zu. »Gretje wird jetzt sowieso keine ruhige Minute mehr haben, bis sie nicht weiß, was los ist.« Er lächelte begütigend. »Nicht wahr? In deinem hübschen Kopf spukt jetzt bestimmt alles Mögliche herum, warum die Polizei unseren Jungen verhören will.«

»Das hier ist kein Verhör«, beschwichtigte Ruth.

»Geht es etwa um diese Leiche unten am Hafen?«, fragte Gretje aufgewühlt.

Boie verdrehte die Augen. »Da sehen Sie es. Es geht schon los!« Er bedeutete den Kriminalisten mit einem Wink, ins Haus zu kommen.

»Es ist wegen dieser Leiche«, war Gretje jetzt überzeugt, während Ruth und Hagen die Schwelle übertraten.

»Bitte, bewahren Sie Ruhe.« Ruth lächelte neutral. »Das hier ist nur eine Routineangelegenheit.«

In Gretjes Augen schwammen jetzt Tränen. »Unser Junge …«, schluchzte sie, woraufhin Boie sie zärtlich in den Arm nahm. »Er hat nichts getan!«

»Alles wird gut – du wirst sehen«, sprach Boie beruhigend auf sie ein.

»Ich will dabei sein, wenn Sie Deddo ausfragen!«, verlangte Gretje und befreite sich aus den Armen ihres Mannes.

Ruth überlegte einen kurzen Moment. »Wenn Deddo nichts dagegen hat und Sie sich zurückhalten, spricht nichts gegen Ihre Anwesenheit«, zeigte sie sich umgänglich.

Dieses Entgegenkommen schien Gretje zu beruhigen. »Kommen Sie«, forderte sie die Kriminalisten auf. »Ich bringe Sie zu meinem Jungen.« Sie steuerte auf eine Treppe zu und stieg schwerfällig die Stufen empor.

Boie blieb unten stehen und blickte den ungebetenen Gästen mit schwer zu deutender Miene hinterher, während diese seiner Frau nach oben folgten.

*

Gretje klopfte leise an die Zimmertür. »Deddo!«, rief sie mit gedämpfter Stimme, als fürchtete sie, den Jungen zu stören. »Die Polizei ist hier und möchte mit dir sprechen!«

Rasche Schritte näherten sich und die Tür wurde ungestüm aufgerissen. »Polizei?« Ein schlaksiger, ungelenk wirkender junger Mann stand in der Türöffnung. Das blasse Gesicht war mit Akne und kraterförmigen Narben bedeckt. Das blonde, wellige Haar stand wirr von seinem Kopf ab. In den wasserblauen Augen lag ein aufgeweckter Ausdruck. Interessiert musterte er Ruth und Hagen. »Was will denn die Polizei von mir?«, fragte er verwundert.

»Wenn Sie uns in Ihr Zimmer lassen, werden wir es Ihnen erklären«, erwiderte Ruth und stellte sich und Hagen Deddo vor.

Der Junge drehte sich wortlos weg und kehrte an seinen Schreibtisch zurück, an dem er wohl gerade Schularbeiten erledigt hatte, wie die Utensilien vermuten ließen, die die Arbeitsplatte bedeckten. Schulbücher, Schreibhefte, Stifte und eine Tastatur bildeten ein unüberschaubares Durcheinander. Der Flachbildschirm des Computers war ausgeschaltet, und aus einer transportablen Lautsprecherbox drang leise Musik.

58

Deddo schlug ein Bein unter, als er sich auf seinen Schreibtischstuhl setzte. »Hier ist es ziemlich unordentlich«, sagte er leicht verlegen.

»Keine Bange, wir sind nicht vom Ordnungsamt«, gab Ruth scherzend zurück.

Deddo drehte sich ihr mit dem Stuhl zu. »Aber Sie sind von der Kripo.« Er deutete mit einem Kopfnicken zum Fenster hinüber. »Bestimmt kommen Sie wegen diesem Mann, der ermordet wurde.«

»Wir führen lediglich eine Routinebefragung durch«, erläuterte Hagen. Er stellte sich mit verschränkten Armen vor ein Regal, dem er den Rücken zukehrte. Auf den Regalbrettern reihten sich Actionfiguren, Bücher und ein paar Pokale aneinander.

Deddo blickte unstet umher. »Was wollen Sie denn wissen?«

»Keine Angst, Schatz«, sagte Gretje aufgekratzt. »Ich werde bei dir bleiben und aufpassen.« Sie schloss die Tür hinter sich und nahm davor Aufstellung.

Ruth schlenderte zum Fenster hinüber, wobei sie wie beiläufig über die Comic-Hefte und Kleidungsstücke hinwegstieg, die neben dem Bett auf dem Teppich lagen. »Wir müssen Ihnen ein paar persönliche Fragen stellen«, sagte sie währenddessen. »Wenn es Ihnen also lieber ist, werden wir Ihre Mutter bitten, das Zimmer zu verlassen.«

Deddo wirkte regelrecht konsterniert und drückte den Rücken gerade durch, während seine Mutter empört die Wangen aufblies. »Ist schon in Ordnung«, sagte er zögernd. »Ich habe keine Geheimnisse vor meinen Eltern.«

»Sehen Sie!«, rief Gretje auftrumpfend.

Ruth hob begütigend eine Hand und widmete sich dann dem Ausblick. Das Fenster ging auf den Löschkai hinaus und war so hoch gelegen, dass der Deich die Sicht auf den Hafen nicht verstellte. »Ein schönes Panorama«, merkte sie anerkennend an. »Mancher Tourist würde Sie für diesen Ausblick beneiden.« Sie wandte sich Deddo zu, der sie aufmerksam betrachtete. »Sie können von hier aus sogar unmittelbar verfolgen, wie die Krabbenkutter entladen werden. Wenn der Beifang mit dem Bagger von den Kuttern geholt wird, ist sicherlich ein interessanter Anblick.«

»Das ist inzwischen für mich nix Besonderes mehr«, gab Deddo leichthin zurück. »Ich sehe mir das nur noch selten an.« Einen Fuß auf den Boden, drehte er den Stuhl leicht hin und her. »Wussten Sie, dass Beifang nur von Anfang Juni bis zum Ende des Jahres mitgebracht werden darf? Die übrigen Monate ist es verboten. In der EU wird sogar überlegt, die Beifangfischerei ganz zu unterbinden. Im Grund ist nur Greetsiel noch daran interessiert, aus dem Gammel Tierfutter herzustellen. Die hiesigen Betriebe arbeiten wegen der Einschränkungen saisonbedingt und lassen dafür auch aus anderen Häfen Beifang ranschaffen, um die Trockenanlagen auszulasten.« Deddo stoppte die wiegende Drehbewegung seines Stuhls. »Es ist nur noch eine Frage der Zeit, bis das Geschäft mit dem Beifang ein Ende findet. Dann wird sich in Greetsiel einiges ändern.«

Gretje sah ihren Sohn bewundernd an. »Es ist schön, wie sehr du dich für dein Heimatdorf interessierst, Deddo. Das macht mich wirklich glücklich!«

»Haben Sie heute früh die Aktivitäten der Polizei unten beim Löschkai mitverfolgt?«, fragte Hagen.

Deddo nickte, ohne den Kommissar anzusehen. »Aber nur kurz. Ich musste ja den Schulbus kriegen.«

»Und vergangene Nacht. Haben Sie da womöglich auch aus dem Fenster gesehen?«

»Ne.« Deddo zeigte auf den Bildschirm. »Da habe ich gezockt.«

»Auch um Mitternacht?«

»Da auch. Ich bin erst um eins ins Bett.«

»Du sollst doch nicht so lange am Computer spielen«, tadelte Gretje. »Das ist schädlich für deine Augen.«

Deddo zuckte ungerührt mit den Schultern.

»Ihnen ist auf dem Löschkai gestern Nacht also nichts Ungewöhnliches aufgefallen?«, hakte Hagen nach.

Deddo schüttelte den Kopf.

»Was wollen Sie denn nun von meinem Jungen?«, verlangte Gretje zu wissen.

»Wir möchten mit Ihnen über Ihre Besuche bei der Psychologin Marie Ellenberg sprechen«, sagte Ruth an den Jungen gerichtet.

Gretje trat erschrocken einen Schritt vor. »Was soll das denn jetzt?«, fragte sie entgeistert.

»Es gibt einen triftigen Grund, warum wir das wissen möchten«, erläuterte Ruth. »Sie müssen keine Einzelheiten preisgeben, wenn Sie das nicht möch…«

»Es macht mir nichts aus, darüber zu sprechen«, fiel Deddo der Hauptkommissarin ins Wort. Er sah kurz zu seiner Mutter hinüber, die die Unterlippe einzog und darauf herumkaute. »Aber ich möchte schon wissen, warum Sie mich das fragen.«

Ruth hatte nicht vor, den Jungen zu beunruhigen und ihm mitzuteilen, dass seine Klientenakte womöglich gestohlen worden war, was sie ja im Grunde nicht einmal mit Gewissheit sagen konnte. »Wir wollen lediglich überprüfen, ob wir gewisse Aspekte unserer Ermittlungen ausschließen können«, sagte sie daher nur.

Deddo nickte, als würde er verstehen. »Ich – leide unter wiederkehrenden Albträumen«, erklärte er. »Seit meiner Kindheit«, fügte er hinzu und sah seine Mutter dabei erneut kurz an.

»Das hängt alles mit den schrecklichen Vorkommnissen von vor sechzehn Jahren zusammen«, erklärte Gretje hastig. »Deddo war da gerade mal zwei Jahre alt.«

»Jedenfalls haben die Ärzte, die mich damals untersuchten, geschätzt, dass ich zwei Jahre alt bin.« Deddo hob eine Hand vor sein Gesicht und spreizte die Finger. »Anhand der Größe der Wachstumsfugen wurde mein Alter ermittelt.« Er hob die Nasenspitze. »Wachstumsfugen sind Knorpel am Ende des Knochens, die nur Kinder und Jugendliche haben und bei Erwachsenen zu normalen Knochen geworden sind«, erläuterte er. »Anhand dieser Fugen kann das ungefähre Alter eines jungen Menschen festgestellt werden.«

Ruth, der dieses Verfahren bekannt war, furchte leicht die Stirn. »Man kannte Ihr wahres Alter also gar nicht?«, wunderte sie sich.

»Deddo … er ist unser Adoptivkind«, warf Gretje in einem Tonfall ein, der verriet, wie ungern sie über dieses Thema sprach. »Als mein Mann und ich ihn fanden, war er ganz allein auf einer Segelyacht, die herrenlos auf dem Wattenmeer trieb.«

Ruth stützte sich mit den Händen auf die Fensterbank, der sie den Rücken zugekehrt hatte. Diese Sache begann sie zu interessieren. »Könnten Sie mir das bitte genauer erklären?«

Gretje atmete tief durch. »Das ist für meinen Jungen eine schmerzliche Angelegenheit«, sagte sie.

»Es macht mir nichts aus, darüber zu sprechen«, versicherte Deddo. Er lächelte ansatzweise. »Das ist nicht zuletzt das Verdienst von Frau Ellenberg.«

Gretje stieß einen unwilligen Laut aus, drehte sich um, riss ungestüm die Tür auf und rief aus voller Kehle in den Flur hinein: »Boie. Komm rauf. Es geht um diese Sache. Da musst du dabei

sein!« Sie lauschte. Lange warten musste sie nicht. »Ich bin gleich
da!«, schallte Boies Stimme zu ihnen herauf.

»Mama«, sagte Deddo unleidig. »Nun mach nicht so ein
Brimborium um diese Chose!«

»Das ist eine ernste Angelegenheit«, gab Gretje streng zurück. Sie
bedachte Ruth mit einem ärgerlichen Blick. »Hätte ich geahnt,
worauf das hier hinausläuft, hätte ich dieses Gespräch nicht
zugelassen. Sie wühlen hier alten Schlamm auf, der sich längst
gesetzt hat. Das ist nicht in Ordnung!«

Deddo seufzte überfordert. »Ich wünschte, du und Papa würden das
alles gelassener sehen. So wie ich es inzwischen tue.«

*

Boie hatte sich auf eine Ecke des Bettes gesetzt und machte ein
mürrisches Gesicht. Gretje hatte den Posten vor der Zimmertür nicht
aufgegeben, wo sie mit vor der Brust verschränkten Armen wie eine
Torwächterin dastand und streng dreinschaute. Deddo saß jetzt
vornübergebeugt auf seinem Schreibtischstuhl, die Unterarme auf die
Oberschenkel gestützt und den Kopf in den Nacken gelegt, damit er
die Anwesenden betrachten konnte, was allerdings ein bisschen
angestrengt wirkte. Hagen, dem die Situation ein wenig unangenehm
zu sein schien, wandte sich dem Regal zu und arrangierte die Action-
Figuren um, was Deddo mit einem kritischen Heben seiner
Augenbrauen quittierte. Ruth stand nach wie vor am Fenster, dem sie
den Rücken zugekehrt hatte.

Schweigen hatte sich im Zimmer breitgemacht. Gretjes
Dazwischentreten hatte den Redefluss unterbrochen und die
Atmosphäre gänzlich verändert. Die Sache war ins Stocken geraten,
und Ruth suchte nun vergebens nach einem Einstieg, um das
Gespräch erneut in Gang zu setzen. Ihr fehlte allerdings der
zwingende Grund, diese Befragung aus ermittlungstechnischer Sicht
unbedingt vorantreiben zu müssen. Nach wie vor fischten sie, was
Deddo Hansen betraf, im Trüben. Es gab nichts wirklich Greifbares,
auf dem sich hätte aufbauen lassen.

Schließlich war es Deddo, der das Wort ergriff. »Also«, sagte er
gedehnt. »Meine Albträume, wegen denen ich bei Frau Ellenberg
eine Therapie mache … sie kehren immer wieder«, berichtete er.
»Inzwischen kann ich recht gut damit umgehen. Ich muss einfach

akzeptieren, dass es sie gibt und sie mich wahrscheinlich mein ganzes Leben lang begleiten werden.«

Einmal mehr staunte Ruth darüber, wie abgeklärt Deddo auftrat. Er gab das Bild eines typischen Strebers ab, eines altklugen Nerds, und dennoch wohnte ihm der Anflug einer gewissen Reife inne.

»Die Therapie war also nicht ganz so erfolgreich wie erhofft«, ließ sich Hagen zu einer unbedachten Bemerkung hinreißen.

Deddo nahm den Einwand gelassen hin. »Manchmal ist es schon ein Erfolg, wenn man mit dem Unabänderlichen zu leben lernt«, sagte er und knetete seine Hände.

Boie nickte kaum merklich. »Das hast du gut gesagt, Junge.«

»Habe ich das richtig verstanden, dass Sie beide Deddo gefunden haben?«, versuchte Ruth das Gespräch auf ein Thema zu lenken, das sie vorhin hatte aufhorchen lassen.

Boie nickte bedächtig. »Damals fuhren meine Frau und ich noch regelmäßig mit dem Fischerboot hinaus aufs Meer«, berichtete er. »Eines Nachts, vor sechzehn Jahren …«

»Sechzehn Jahre und exakt drei Monate«, konkretisierte Gretje.

Boie nickte beiläufig. »… da entdeckten wir eine steuerlos dahintreibende Segelyacht«, fuhr er nahtlos fort. »Das Boot bemerkten wir nur, weil es dicht an unserem Kahn vorbeitrieb, sonst hätten wir es in der Dunkelheit nicht gesehen. Es brannten keine Positionslichter und die Segel knatterten lose im Wind.« Boie rieb angespannt die Hände, was ein trockenes, schabendes Geräusch verursachte, als die Schwielen und Hornhäute aneinanderrieben. »Wir riefen hinüber und leuchteten mit unseren Stablampen. Aber es reagierte keiner. Also warf ich den Motor an und ging vorsichtig längsseits.«

»Ich zog die Yacht dann mit einem Bootshaken heran«, übernahm Gretje das Reden. »Da hörte ich plötzlich ein klägliches Weinen und Wimmern.« Sie bedachte Deddo mit einem zärtlichen Blick. »Und da sah ich ihn … Ein Kleinkind … Es kauerte mutterseelenallein auf einer Bank, mit nichts auf dem schlotternden Leib als ein paar Shorts und einem T-Shirt. Ich überlegte nicht lange, warf eine Leine rüber und sprang in die Yacht und schlang einen Knoten. Dann näherte ich mich dem Kind.« Gretje blinzelte Tränen aus ihren Augen. »Der Kleine hörte sofort auf zu weinen, als er mich sah. Deddo – er fasste augenblicklich Zutrauen zu mir.« Sie stieß einen tiefen, befreiten

Seufzer aus. »Dieser Moment veränderte unser Leben von Grund auf.«

»Wir suchten die Yacht nach weiteren Personen ab«, fuhr Boie nun fort. »Aber Fehlanzeige. Das Boot war verlassen.« Er hob die Arme. »Wer macht denn so was, ein Kind allein auf einer Nussschale auf dem Meer zurücklassen?«

»Man vermutet, dass es einen Unfall gegeben haben musste«, sagte Gretje. »Die Eltern oder wer auch immer bei dem Jungen gewesen war, waren vermutlich über Bord gegangen und ertrunken.«

»Die Segelyacht war in einem Sporthafen in Bremen als gestohlen gemeldet worden, stellte sich später heraus«, berichtete Boie. »Es wurden an Bord keine Papiere oder irgendwelche Gegenstände gefunden, die verrieten, wer in jener Nacht auf der Yacht gewesen sein könnte.«

»Oder wer die Eltern des Kleinen waren«, ergänzte Gretje.

»Nicht einmal verräterische Fingerabdrücke wurden gefunden, als die Yacht von der Polizei untersucht wurde.«

Hagen sah Deddo an. »Ihre Identität wurde nicht geklärt?«, fragte er perplex.

Der Junge schüttelte den Kopf.

»Deddo … er sagte, er hieße Deddo, als ich ihn nach seinem Namen fragte«, warf Gretje ein.

Deddo lächelte verlegen. »Daran kann ich mich nicht erinnern.« Er grinste. »Vielleicht habe ich auch nur vor mich hin gebrabbelt.«

»Unsinn«, begehrte Gretje auf. »Du hast klar und deutlich Deddo gesagt.«

»Die Namen meiner Eltern wusste ich hingegen nicht«, sagte Deddo. »Wahrscheinlich habe ich nur Mama und Papa zu ihnen gesagt.« Er setzte sich auf. »Ein zweijähriges Kind kann normalerweise Sätze aus zwei oder mehreren Wörtern bilden. Dabei verwendet es hauptsächlich Substantive und Verben.« Deddo zuckte mit den Schultern. »Ob das damals alles auch auf mich zutraf, weiß ich nicht.«

»Du standest unter Schock«, sagte Gretje einfühlsam. »Gesprochen hattest du kaum. Du warst in dich gekehrt und verschlossen.«

Deddo seufzte. »Ich erinnere mich so gut wie gar nicht an meine Eltern. Da sind nur so ein paar verschwommene Vorstellungen, wie sie ausgesehen haben könnten.« Er hob die Schultern. »Frau

Ellenberg hat versucht, meine frühkindlichen Erinnerungen zu beleben. Das hat allerdings nix gebracht.«

»Als wir in jener Nacht mit der Yacht am Schlepptau in den Greetsieler Hafen zurückkehrten, übergaben wir Deddo der Obhut der hiesigen Polizei«, sagte Boie. »Damals war das Kommissar Peer Wieler. Die alte Wache ist ja leider abgebrannt, sodass in der Ankerstraße eine neue eingerichtet werden musste …« Boie winkte ab. »Das wissen Sie ja sicherlich alles.«

Ruth nickte bestätigend. »Wie ging es dann weiter?«

»Hauptkommissar Wieler ordnete an, dass wir uns vorerst um Deddo kümmern sollten, als Pflegefamilie sozusagen«, antwortete Gretje. »Er versuchte alles Menschenmögliche, um Deddos Eltern ausfindig zu machen. All seine Bemühungen verliefen allerdings im Sande.« Sie schüttelte entrüstet den Kopf. »Niemand hatte dieses süße kleine Kerlchen als vermisst gemeldet, stellen Sie sich das mal vor. Er musste doch Großeltern, Onkel oder Tanten gehabt haben. Sogar Europol wurde eingeschaltet. Letztendlich musste festgestellt werden, dass Deddos Identität und Herkunft ungeklärt bleiben würde.«

Boie rutschte mit dem Gesäß unruhig auf der Ecke des Bettes herum. »Meine Frau und ich haben dann alles in unserer Macht Stehende getan, damit Deddo bei uns aufwachsen konnte. Was uns schließlich dann auch gelungen ist.« Er deutete um sich. »Schließlich konnten wir einem Kind all das bieten, was eine intakte Familie einem Kind geben sollte: eine liebevolle Umgebung, stabile finanzielle Verhältnisse, ein Zuhause. Zuerst fungierten wir als Pflegefamilie – bis Deddo schließlich unser Adoptivkind wurde.«

»Wir konnten keine eigenen Kinder haben«, erklärte Gretje ein wenig verschämt. Erneut warf sie Deddo einen zärtlichen Blick zu. »Aber dann hat der Blanke Hans uns diesen reizenden Jungen geschickt. Es war wie in einem Märchen.«

Boie missfielen die Worte seiner Frau merklich. »Für andere war es ein schlimmes Schicksal«, stellte er richtig. »Wir wissen nicht, was an Bord dieser Segelyacht geschehen ist. Es wird nichts Gutes gewesen sein. Keine Eltern lassen ihr Kind freiwillig mitten auf dem Meer allein auf einem Boot zurück – selbst dann nicht, wenn sie den Kahn zuvor irgendwo gestohlen haben!«

Gretje schniefte. »Wie auch immer. Deddo ist ein schlauer Bengel. Er hat uns nie Schwierigkeiten gemacht. Er hat eine große Zukunft vor sich!«

Ruth schenkte der Frau, die sie jetzt durchdringend und vorwurfsvoll ansah, ein freundliches Lächeln. »Ich denke, wir haben genug erfahren.« Sie stieß sich von der Fensterbank ab. »Vielen Dank, dass Sie sich Zeit für uns genommen haben.«

»Sie bringen Deddo jetzt also nicht länger mit diesem unsäglichen Mord unten beim Löschkai in Verbindung?«, fragte Gretje hoffnungsvoll.

»Wir haben nie behauptet, dass wir das tun würden«, gab Ruth neutral zurück. »Dieses Gespräch diente allein der Orientierung.«

»Aber irgendetwas müssen Sie doch geargwöhnt haben«, beharrten Gretje. Sie furchte die Stirn. »Und es hängt mit dieser Psychologin zusammen, habe ich recht?«

»Dazu können wir Ihnen zum jetzigen Zeitpunkt keine Auskünfte geben«, wehrte Ruth ab.

»Jetzt ist doch alles wieder gut, nicht wahr?«, fragte Boie und stand auf.

»Machen Sie sich keine Sorgen.« Ruth bedachte Deddo mit einem Kopfnicken. »Lassen Sie sich nicht länger von Ihren Schularbeiten abhalten, junger Mann.«

Gemeinsam mit Deddos Adoptiveltern verließen die Kriminalisten das Zimmer.

»Deddo hat Angst vor dem Meer«, sagte Boie mit gedämpfter Stimme, als wollte er nicht, dass sein Adoptivsohn es hörte. Allen voran stieg er die Treppe hinab. »Das ist der eigentliche Grund, warum wir seine Therapie bei Frau Ellenberg unterstützen.« Er gab ein Brummeln von sich. »Es geht ja nicht an, dass der Spross einer Fischerfamilie wasserscheu ist.«

»Lass gut sein!«, herrschte Gretje ihren Mann an. »Die Polizei hat genug über unseren Jungen erfahren. Jetzt soll in diesem Haus endlich Ruhe einkehren!«

Gretje geleitete Ruth und Hagen bis an die Haustür. Bemüht höflich verabschiedete sie die Ermittler und drückte die Tür nachdrücklich ins Schloss, kaum dass diese über die Schwelle nach draußen getreten waren.

Kapitel 4

Es war früher Abend, als Ruth Fasan und Hagen Reese in die Wache zurückkehrten. Alice hatte bereits Feierabend und war nach Hause gefahren, sodass Hagen die Eingangstür mit einem Schlüssel aufsperren musste. Sorgsam schloss er hinter ihnen ab, nachdem sie den verwaisten Eingangsbereich betreten hatten.

»Irgendwie kommt es mir vor, als hätten wir bei Familie Hansen in ein Wespennest gestochen«, sagte Hagen, warf den Schlüssel spielerisch in die Luft und fing ihn auf. »Das Ehepaar war ganz aus dem Häuschen.«

»Sie haben sich um ihren Adoptivsohn nur Sorgen gemacht«, gab Ruth leichthin zurück. Die Unterlagen in der Hand, die sie in Fred Hofmanns Hotelzimmer sichergestellt hatten, näherte sie sich der Verbindungstür zu ihrem Büro.

Hagen blies die Backen auf. »Aber was für eine unglaubliche Geschichte ist da zutage getreten! Wer hätte das gedacht?«

»Manchmal läuft das Leben eben nicht so gradlinig ab, wie man es im Allgemeinen erwartet.« Ruth betrat das Büro, ging zu ihrem Schreibtisch und knipste die Lampe an. »Diese ganze Sache hat für mich keinen besonderen Stellenwert, bis nicht geklärt wurde, wo Deddo Hansens Klientenakte abgeblieben ist. Solange behalten wir diese Befragung lediglich im Hinterkopf.«

Sie legte die Chronikbände mit Clara Soßts Unterlagen obendrauf neben die Computertastatur. Dabei rutschte ein Foto halb zwischen den Aktendeckeln hervor. Das Fotopapier sah extrem abgegriffen und vergilbt aus.

Ruth, die die Mappe eigentlich vorerst nicht hatte näher in Augenschein nehmen wollen, nahm ein Lineal, schob es unter den ramponierten Fotoabzug und zog ihn aus der Akte hervor.

Auf der Fotografie war eine junge brünette Frau abgelichtet. Sie hielt ein Baby in den Armen. Die Frau drückte den kleinen, in Tücher gewickelten Wurm auf eine Art und Weise an sich, als müsste sie ihn beschützen. Mit angespannter Miene blickte sie in die Kamera. Das Gesicht der Frau war braun gebrannt, und ihr brünettes Haar von der Sonne aufgehellt. Über den braunen Augen schien der Schatten von Sorge zu liegen.

»Ist das Clara Soßt?«, fragte Hagen, der neben seine Chefin getreten war, um zu sehen, was ihr Interesse geweckt hatte.

»Durchaus möglich«, erwiderte Ruth. »Auf diesem Foto muss sie noch sehr jung sein. Ich schätze, da ist sie knapp über zwanzig.«

»Sie hat nicht erwähnt, dass sie ein Kind hat.« Hagen zog die Augenbrauen zusammen. »Das wird doch wohl ihr Baby sein, oder? So wie sie dieses winzige Bündel hält.«

»Denkbar wäre es.« Ruth lüpfte das Foto mit dem darunter geschobenen Lineal an und schlug es dann um, sodass es mit der Unterseite nach oben gekehrt vor ihnen lag. Zwei Worte und eine Jahreszahl waren in krakeliger Handschrift auf die Rückseite geschrieben worden. Die Tinte war stark verblichen.

»Mein Sohn«, entzifferte Ruth die schwer leserlichen Worte mit leiser Stimme. »Der Jahreszahl nach zu urteilen, ist die Aufnahme vor knapp achtzehn Jahren entstanden.«

»Aus welchem Grund mag Marie Ellenberg dieses abgegriffene Foto wohl in Clara Soßts Akte verwahren?«, überlegte Hagen.

»Es wird für ihre Klientin wahrscheinlich eine wichtige Rolle spielen.« Ruth wendete das Foto erneut um. »An den Ecken sind Reste von Klebestreifen«, stellte sie fest. »Und offenbar ist das Bild auch einmal mit Heftzwecken oder Stecknadeln an die Wand gepinnt worden.«

»Es ist so zerknittert, als hätte es jemand längere Zeit in der Hosentasche mit sich herumgetragen«, urteilte Hagen. Er sah seine Chefin von der Seite an. »Deddo ist achtzehn Jahre alt«, sagte er vieldeutig.

Ruth hob kurz eine Schulter. »Wie unzählige andere Teenager ebenfalls.«

»Ja, aber …« Hagen verstummte, als er von Ruth einen missbilligenden Blick auffing.

»Keine voreiligen Schlussfolgerungen«, mahnte sie.

Hagen vergrub die Hände in den Hosentaschen, zog die Schultern hoch und nickte einsichtig.

»Was in dieser Klientenakte steht, geht uns vorerst nichts an«, sagte Ruth. »Nicht, solange wir keinen deutlichen Bezug zum Mord an Fred Hofmann erkennen können. Und den sehe ich momentan nicht.«

»Wir ermitteln in einem Mordfall«, sagte Hagen, wie um sich selbst an diese Tatsache zu erinnern. »Es ist derzeit nicht unsere Aufgabe, das Schicksal von Deddo Hansen aufzuklären.«

Ruth schenkte ihrem Partner ein begütigendes Lächeln. »Ich verstehe Ihr Engagement in dieser Sache, nichtsdestotrotz müssen wir mit Bedacht vorgehen. Wenn das Baby auf diesem Foto tatsächlich Deddo sein sollte und Frau Ellenberg davon weiß, gibt es womöglich triftige Gründe, warum sie es bisher nicht publik gemacht hat.« Sie sah das Foto nachdenklich an. »Vielleicht hat sie Deddo aber auch davon erzählt – nur wir wissen es nicht. Es ist alles denkbar.«

»Wir sollten Frau Ellenberg unbedingt auf dieses Foto ansprechen«, forderte Hagen. »Dass es versehentlich aus der Akte gerutscht ist, können wir jetzt nicht mehr ändern. Und genauso wenig können wir die Mutmaßungen unterdrücken, die sich uns aufgrund dessen nun unweigerlich aufdrängen!«

Ruth atmete einmal tief durch. »Also gut«, lenkte sie ein. »Gehen Sie dieser Sache nach …« Sie zuckte erschreckt zusammen, als von den Sprossenfenstern her plötzlich ein lautes Klopfen ertönte, und auch Hagen stieß einen unwilligen Laut aus.

Ruth fuhr herum – und fasste sich erlöst ans Brustbein, als sie hinter der Scheibe ein ihr wohlbekanntes Gesicht erblickte. Ein verschmitzter Ausdruck machte sich in den markanten Zügen breit, als Kapitän Felix Seitz bemerkte, wie sehr er die Kommissare erschreckt hatte. »Uhhh!«, klang seine Stimme dumpf durch die Scheiben. Dabei ließ er die Finger der erhobenen Hände neben seinem Gesicht spielerisch zappeln und zog eine Fratze. »Ich bin der Busebeller!«

Ruth krauste verwundert die Stirn. »Der was?«, fragte sie verständnislos.

»Busebeller«, sagte Hagen.

Ruth wandte sich ihrem Partner zu. »Und was soll ich mir darunter vorstellen, bitte?«

»Der Busebeller ist eine ostfriesische Sagengestalt«, erläuterte Hagen. Er verzog einen Mundwinkel. »Meine Eltern wussten eine Menge Geschichten über diese Kinderschreckfigur zu erzählen. Sie gaben sie immer dann zum Besten, wenn sie mich davon abhalten wollten, gefährliche Orte aufzusuchen. Meine Großeltern gingen sogar noch weiter und drohten, dass der Busebeller mich holen oder schlagen würde, wenn ich nicht brav wäre. Sie behaupteten sogar, er würde unartige Kinder fressen. Das ging meinen Eltern allerdings zu weit.«

Während Hagen sprach, bedeutete Ruth dem Kapitän der Wasserschutzpolizei mit einer Geste, zum Eingang zu kommen.

»Unser Busebeller wird jetzt gleich sein blaues Wunder erleben!«, schimpfte sie leise. Sie ließ Hagen stehen und begab sich entschlossenen Schrittes in den Empfangsbereich. Sie sperrte die Eingangstür auf und trat Felix mit in die Hüften gestemmten Fäusten entgegen. Während sie dann in seine hellblauen Augen blickte, die sie liebevoll ansahen, verrauchte ihr Zorn. Sie seufzte ergeben, näherte sich ihm und ließ es zu, dass er sie in die Arme schloss. Als er sie aber küssen wollte, hob sie rasch die Hand und legte ihm die Finger auf die Lippen. Mit der anderen Hand griff sie ihm in sein volles, dunkelblondes Haar und sah ihn unverwandt an. »Ich fürchte mich nicht vor dem Busebeller.«

»Oh, das solltest du aber«, feixte Felix hinter Ruths seinen Mund verschließenden Fingern hervor. »Besonders, wenn er erzürnt ist, weil man ihn versetzt hat!«

Erschrocken ließ Ruth die Hand sinken. »Oh, nein«, stieß sie in plötzlicher Erkenntnis aus. »Wir waren um neunzehn Uhr im *Captains Dinner* verabredet!«

»Und jetzt ist es gleich halb acht«, erwiderte Felix ohne wirklichen Vorwurf in der Stimme.

Ruth setzte zu einer Erklärung an. Doch Felix verschloss ihren Mund rasch mit einem Kuss. Als dieser immer leidenschaftlicher zu werden begann, machte Ruth sich von Felix los.

»Lass uns das für später aufheben«, sagte sie außer Atem.

Felix gab Ruth aus seiner Umarmung frei. »Es hat sich ein Mord ereignet, habe ich gehört«, sagte er. »Als ich davon erfuhr, wusste ich, dass es mit unserer Verabredung wohl nichts werden wird.«

Ruth nickte einsichtig. »Ich hätte dir zumindest per Handy eine Nachricht schicken müssen«, sagte sie reumütig.

»Ja – das hättest du«, bekräftigte Felix. »Der Busebeller frisst übereifrige Hauptkommissarinnen, die ihren Lebensgefährten vergessen.«

Ruth legte den Kopf schief. »Womöglich fällt dem Busebeller ausnahmsweise eine für die Hauptkommissarin angenehmere Bestrafung ein?«

Felix lächelte versöhnlich. »Wir werden sehen.« Er spähte an Ruth vorbei in die Wache. »Wirst du heute denn noch lange mit den Ermittlungen zu tun haben?«

Ruth schüttelte den Kopf. »Eigentlich haben wir alles abgearbeitet, was auf unserer Liste stand. Nur Hagen hat noch etwas auf seiner Agenda.« Sie winkte Felix herein und deutete dann auf einen der Besucherstühle, die sich an der Wand entlang reihten. »Warte hier einen Moment. Ich werde mit Hagen noch kurz unser morgiges Vorgehen absprechen. Dann gehöre ich ganz dir.«

*

Ruth studierte gerade die Speisekarte des *Captains Dinner*, als ihr Handy klingelte. Sie zog den Apparat aus der Hosentasche, hielt ihn im Schatten des Tisches und warf einen Blick aufs Display. »Es ist Hagen«, raunte sie Felix über die Weingläser hinweg zu. »Da muss ich rangehen.«

»Richte ihm schöne Grüße vom Busebeller aus«, sagte der Kapitän der Wasserschutzpolizei trocken, während er die Speisekarte betrachtete.

Ruth hielt sich das Handy ans Ohr. »Was haben Sie mir denn Wichtiges mitzuteilen, das nicht auch bis morgen hätte warten können?«, fragte sie übergangslos.

Hagen räusperte sich kurz. »Ich habe mit Frau Ellenberg gesprochen«, sagte er dann. »Sie war nicht gerade begeistert, von der Greetsieler Polizei schon wieder angerufen zu werden. Aber sie hörte sich dann doch an, was ich zu sagen hatte.« Hagen deutete ein leises Lachen an. »Ostfriesen können recht stur sein, wenn sie sich was in den Kopf gesetzt haben. Dagegen helfen auch keine psychologischen Tricks. Jedenfalls hörte Frau Ellenberg endlich auf, mir ein schlechtes Gewissen einzureden.« Hagen atmete schwer. »Ich erzählte ihr von Claras Klientenakte und wo wir sie gefunden haben. Dann brachte ich auch die herausgerutschte Fotografie zur Sprache. Und wissen Sie, was Frau Ellenberg daraufhin meinte?«

Ruth zog mit der freien Hand die Speisekarte zu sich heran. »Sicherlich werden Sie es mir gleich verraten.«

»Sie hat dieses Foto angeblich noch nie gesehen.«

Ruth ließ den Zeigefinger unstet über die Zeilen der Speisekarte gleiten. »Das ist allerdings seltsam.«

»Sie wollte sich auch nicht darüber äußern, ob Clara Soßt womöglich ein Kind hat. Sie hat mir regelrecht verboten, einen Blick in die Mappe zu werfen, stellte aber in Aussicht, dass wir es dürften, wenn ihre Klientin ihr Einverständnis dazu gibt.«

Ruth ließ Hagens Worte unkommentiert. »Hat sie denn eine Erklärung dafür, was Fred Hofmann oder besser gesagt, Rainer Engel, mit dieser Klientenakte vorgehabt haben könnte?«

»Ihr war wohl nicht danach, zu spekulieren«, erwiderte Hagen säuerlich.

»Also nein.« Ruth tippte mit dem Zeigefinger mehrmals auf ein Menü, um Felix zu bedeuten, was sie zu essen gedachte: Schollenfilet mit Bratkartoffeln und Krabben. Er nickte ihr huldvoll zu und hob einen Daumen.

»Wenn dieses Foto nicht Bestandteil der Klientenakte war, hat Fred Hofmann es womöglich hineingetan«, sagte Hagen jetzt. »Ich schlage vor, dass wir Clara Soßt diese Aufnahme zeigen.«

»Darüber reden wir morgen«, beschied Ruth nachdrücklich.

Hagen seufzte. »Dasselbe hat Frau Ellenberg eben auch zu mir gesagt, nachdem ich ihr berichtete, dass wir mit Deddo Hansen gesprochen haben.«

Diesmal war es Ruth, die einen Seufzer ausstieß. »Sie waren ja ganz schön gesprächig«, äußerte sie sich kritisch.

»Warum hätte ich ihr nicht davon erzählen sollen?«, gab Hagen selbstbewusst zurück. »Meine Worte haben die Psychologin jedenfalls ziemlich aufgewühlt, kam mir vor. So sehr, dass sie verkündete, Ihre Teilnahme an dem Seminar sofort abzubrechen. Sie will sich noch heute Nacht auf den Weg nach Greetsiel machen und uns dann morgen treffen.«

»Oh ha«, sagte Ruth. »Da haben Sie ja was angerichtet.«

»Es liegt in unserem Interesse, uns mit Frau Ellenberg ausführlich und ungestört zu unterhalten«, hielt Hagen dagegen. »Am Telefon ist sie immer kurz angebunden, weil irgendwelche Veranstaltungen anstehen. Das wird sich nun ab morgen ändern.«

Ruth konnte sich ein Lächeln nicht verkneifen. »Sie haben es wirklich raus, Ihrem kleinen Ausrutscher eine gute Seite abzugewinnen, Hagen.«

»Ich finde, ich habe richtig gehandelt«, sagte er störrisch.

»Machen Sie jetzt Feierabend«, sagte Ruth amüsiert. »Morgen treffen wir uns dann in aller Frühe im Büro.« Mit diesen Worten beendete sie das Telefonat. »Mit Ostfriesen zusammenzuarbeiten ist nicht immer ganz einfach«, sagte sie froh gestimmt, während sie das

Handy verstaute. »Sie sind dickköpfig. Aber womöglich bewirken sie damit auch etwas Gutes.«

Felix sah sie amüsiert an. Das Licht der Tischkerze warf tanzende Schatten auf sein Gesicht. »Bewirke ich bei dir denn auch Gutes?«, erkundigte er sich. »Ich bin auch Ostfriese, musst du wissen.«

»Ich wäre nicht mit dir zusammen, wenn es anders wäre«, gab Ruth kryptisch zurück. Sie legte die Hand auf ihren Bauch. »Ich habe den ganzen Tag nichts Richtiges gegessen. Und müde bin ich auch. Lass uns also das Essen genießen – und dann fahren wir zu mir und legen uns ins Bett.«

Felix' beglücktem Gesichtsausdruck war anzusehen, dass er mit diesem Vorschlag mehr als einverstanden war.

*

Am nächsten Morgen drängte Hagen darauf, Clara Soßt das Foto aus der Klientenakte vorzulegen und sie zu fragen, ob die Polizei die Unterlagen, die Marie Ellenberg über sie angefertigt hatte, einsehen durfte. Da aus dem kriminaltechnischen Labor in Emden noch keine Untersuchungsergebnisse vorlagen, gab Ruth ihren Widerstand schließlich auf und ließ Hagen gewähren. Sie wollte ihren Partner bei seinem Vorhaben allerdings begleiten, um ihn auszubremsen, wenn sein Eifer ihn übers Ziel hinausschießen ließ.

Clara Soßt war gerade im Begriff, ihr Haus zu verlassen, als Hagen den zivilen Einsatzwagen wenige Minuten später vor der Zufahrt stoppte.

»Moin!«, grüßte Clara zu den Kriminalisten herüber, während diese aus dem Wagen stiegen. »Wollen Sie etwa zu mir?«

Ruth ließ Hagen vorgehen. »Wir haben nur ein paar Fragen an Sie«, verkündete er leichthin, als wäre ihr neuerliches Aufkreuzen keine große Sache.

»Ich … wollte heute eigentlich arbeiten«, sagte Clara zurückhaltend. Sie deutete auf das Haus. »Ich brauche dringend ein wenig Abwechslung. Zu Hause fällt mir die Decke auf den Kopf.«

»Es dauert nicht lange«, versprach Hagen.

Clara verzog genervt das Gesicht. »Also schön«, sagte sie unleidig und deutete auf die Gartenstühle, die zusammen mit einer komfortablen Sonnenliege vor dem Haus auf dem Rasen standen. »Setzen wir uns dort hin.«

»Wir sollten das lieber drinnen besprechen«, lehnte Hagen das Angebot ab.

Clara prustete gereizt. »Dann kommen Sie eben mit rein!« Sie sperrte die Tür auf und führte die Kriminalisten in die Küche. »Einen Tee werde ich Ihnen nicht anbieten«, sagte sie, um zu unterstreichen, dass sie diese Befragung rasch hinter sich bringen wollte.

Hagen setzte sich daraufhin demonstrativ auf einen Stuhl. Ruth stellte sich an die Spüle vor dem Fenster und gab sich unbeteiligt.

Auffordernd deutete Hagen auf den Stuhl auf der anderen Seite des Küchentischs. »Ich möchte Ihnen etwas zeigen«, sagte er und griff dann in die Innentasche seiner Jacke.

Widerstrebend nahm Clara Platz. Sie furchte die Stirn, als Hagen ihr ein zerknittertes Foto über den Tisch zuschob, das in einer Klarsichthülle steckte. Sie beugte sich vor und warf einen Blick auf das Bild. Ungerührt zuckte sie mit den Schultern. »Ja, und?«, fragte sie. »Was hat es mit dieser Aufnahme auf sich? Ich kenne diese Frau nicht, wenn es das ist, was Sie mich fragen wollten.«

Hagen blinzelte indigniert. »Sind Sie das denn nicht?«, fragte er und legte den Zeigefinger auf das Gesicht der abgelichteten Frau.

Clara lachte freudlos. »Zugegeben. Diese Person sieht mir auf gewisse Weise ähnlich. Aber ich bin es nicht.«

Diese Ankündigung brachte Hagen sichtlich aus dem Konzept. »Sind Sie sich da auch wirklich ganz sicher?«, fragte er. »Ist es nicht möglich, dass Sie mit knapp zwanzig Jahren so ausgesehen haben könnten?«

Clara atmete tief durch und stand auf. »Warten Sie einen Moment«, sagte sie und verließ die Küche.

Hagen wandte sich seiner Chefin zu. »Glauben Sie ihr?«

Ruth zuckte mit den Schultern. »Abwarten.«

Clara kam in die Küche zurück. Sie hielt ein Fotoalbum in die Höhe und wedelte damit herum. Dann knallte sie es vor Hagen auf die Tischplatte. »So habe ich mit zwanzig und den Folgejahren ausgesehen«, sagte sie patzig und schlug eine Seite auf.

Ruth trat hinzu und warf über Hagens Schulter hinweg einen Blick auf die eingeklebten Fotos. Clara musste zu der Zeit, als die Bilder entstanden waren, über achtzig Kilo gewogen haben. Ihr junges Gesicht war speckig und ihre Statur mit mehr als nur pummelig zu bezeichnen.

»Ich hatte erhebliche Gewichtsprobleme, als ich jung war«, erläuterte Clara in einem Tonfall, der keine Zweifel daran aufkommen ließ, dass sie Hagen schwere Vorwürfe machte, weil sie ihm diese ihr unangenehme Tatsache nun preisgeben musste. »Mehr noch als heute.« Unwirsch schlug sie die Seite um. Auch auf den hier eingeklebten Aufnahmen, die Clara an vielen unterschiedlichen Orten zeigten, war unschwer zu erkennen, dass sie auch ein Jahr später noch immer etliche Kilo zu viel auf die Waage brachte.

Merklich erzürnt blätterte sie die Seiten schnell nacheinander um. »Ich habe meine Gewichtsprobleme erst einigermaßen in den Griff gekriegt, als ich vor eineinhalb Jahren mit der Therapie angefangen habe«, erläuterte sie und klappte das Album dann so vehement zu, dass der dabei entstandene Luftzug die Hülle mit dem zerknitterten Foto darin auffliegen ließ. Es wäre vom Tisch gerutscht, wenn Hagen nicht rasch eine Hand daraufgelegt hätte.

Clara deutete mit einem Kopfnicken auf das fragliche Foto. »Ich wäre froh gewesen, wenn ich damals so ausgesehen hätte wie die Frau auf diesem Bild«, sagte sie bitter. Sie nahm das Fotoalbum an sich und klemmte es sich unter den Arm. »Außerdem bin ich nie schwanger gewesen, um das mal klarzustellen!«, patzte sie. »Auch wenn es wegen meines Leibesumfangs vielleicht so ausgesehen haben mag. Ich habe kein Kind zur Welt gebracht!«

Hagen wirkte jetzt regelrecht niedergeschlagen. Er war mit seinem Vorstoß im wahrsten Sinne des Wortes in ein Fettnäpfchen getreten, und das wurmte ihn ungemein.

»Warten Sie«, wies Ruth Clara an, als diese sich anschickte, die Küche zu verlassen. Die Situation und wie diese Befragung sich entwickelt hatte, ließ es sie als notwendig erscheinen, Clara mit ein paar Fakten zu konfrontieren. »Wir haben Ihre Klientenakte in Rainer Engels Hotelzimmer gefunden«, erklärte sie. »Fred Hofmann, wie er in Wahrheit hieß, hat sie aus Marie Ellenbergs Praxis gestohlen und an sich gebracht.« Sie hob leicht eine Augenbraue. »Wir entdeckten die Akte unter seiner Matratze.«

Clara stand wie erstarrt da und stierte die Hauptkommissarin mit weit aufgerissenen Augen an. »Das ... das ist nicht wahr«, brachte sie krächzend hervor.

»Wie es scheint, hat sich Ihre Bekanntschaft mehr für Ihre Vergangenheit und Ihr Privatleben interessiert als er es Ihnen weismachen wollte«, merkte Hagen vorsichtig an.

Clara wich einen unsicheren Schritt zurück. Wirr schüttelte sie den Kopf, als weigerte sie sich zu glauben, was sie da gerade gehört hatte.

»Fred Hofmann ist erst sechs Tage, nachdem er Sie auf dem Friedhof angesprochen hatte, in Frau Ellenbergs Praxis eingebrochen«, wurde Ruth nun konkreter. »Womöglich wollte er Ihnen mit Fragen nicht zu nahetreten und hat sich Ihre Akte angeeignet, um so doch noch mehr über Sie zu erfahren.«

Clara schüttelte vehement den Kopf. »Ich habe ihm jedenfalls nicht erzählt, dass ich bei Frau Ellenberg in Therapie bin«, sagte sie. »Woher also hätte er davon erfahren sollen?«

Ruth zog die Augenbrauen zusammen. Diese Angelegenheit wurde immer undurchsichtiger. »Das Foto, das mein Partner Ihnen gezeigt hat – es befand sich in Ihrer Mappe. Darum gingen wir davon aus, dass Sie die Frau sind, die darauf abgelichtet wurde.«

»Ich bin es nicht!«, erwiderte Clara erneut.

Hagen nahm das Bild und hielt es empor. »Ihre Psychologin will diesen Schnappschuss jedenfalls nicht in Ihre Akte gelegt haben. Sie sagte, sie kenne dieses Foto nicht einmal.«

»Daher vermuten wir, dass Fred Hofmann diese Aufnahme der Akte zugefügt hat«, ergänzte Ruth.

Clara zog das Album unter ihrer Achsel hervor und presste es sich mit den Armen gegen die Brust. Ihr Blick wirkte abwesend, als hinge sie einem Gedanken nach. »Als ich Rainer … ich meinte: Fred … als ich ihn einmal fragte, was ihn nach Greetsiel verschlagen hatte, da antwortete er, er wäre hier, weil er nach jemanden suche.« In ihren Augen begann es feucht zu schimmern. Kurz deutete sie mit einem Kopfnicken auf das Foto in Hagens Hand. »Vielleicht hatte er nach dieser Frau gesucht«, gab sie mit zittriger Stimme von sich. »Und vielleicht zog er dieselben falschen Rückschlüsse wie Sie, als ich ihm auf dem Friedhof über den Weg lief. Womöglich glaubte er, in mir diese Frau auf dem Foto gefunden zu haben.« Sie presste verbittert die Lippen aufeinander. »Darum bandelte er mit mir an.«

Hagen zog grübelnd die Nase kraus. »Wenn er geglaubt haben sollte, dass Sie die Zielperson waren, müsste er Ihnen irgendwie signalisiert haben, warum er Sie sucht und was er von Ihnen wollte«, gab er zu bedenken.

»Vielleicht war er nicht gänzlich überzeugt und wollte sich zuvor vergewissern, ehe er sich mir offenbarte«, überlegte Clara. »Deshalb besorgte er sich meine Klientenakte.«

»Sie sagten aber, Sie hätten ihm nichts von Ihrer Therapie bei Frau Ellenberg erzählt«, rief Ruth ihr in Erinnerung. »Wie also hätte er davon erfahren sollen?« Sie sah die Frau fragend an. »Könnte es ihm jemand anderes erzählt haben?«

Clara schüttelte gedankenverloren den Kopf. »Dass ich eine Therapie mache, habe ich stets für mich behalten. Nicht einmal meine Mutter wusste es.«

»Fred Hofmann könnte entsprechende Unterlagen in Ihrem Haus gefunden haben«, gab Hagen zu bedenken. »Rechnungen, Einträge in Ihren Terminkalender. In den Wohnkomplex Ihrer Mutter ist er zuerst eingebrochen, und zwei Tage später hat er dann die Psychologenpraxis heimgesucht. Das könnte bedeuten, dass er hier sehr wohl Hinweise auf Ihre Therapie gefunden hat.«

»Das wäre durchaus denkbar«, räumte Clara ein. Sie zog die Unterlippe ein. »Er hat sich also gar nicht um meiner selbst willen für mich interessiert. Er hat mich auf dem Friedhof nur angesprochen, weil er mich mit jemanden verwechselt hat.«

»Nehmen Sie sich das nicht zu sehr zu Herzen«, sagte Ruth. »Fred Hofmann war ein versierter Betrüger. Für ihn waren Sie bloß ein weiteres Opfer, dessen Vertrauen er sich zu erschleichen versuchte.«

»Opfer«, wiederholte Clara traurig. »Und ich hatte mir eingebildet …« Ihre Stimme erstickte. Schluchzend wandte sie ab und stürmte aus der Küche.

Hagen sah betreten zu Ruth auf. »Dieser Besuch verlief gänzlich anders als erwartet«, sagte er unglücklich.

»Jedenfalls haben wir jetzt eine ungefähre Ahnung, was Fred Hofmann in Greetsiel verloren haben könnte«, gab Ruth zurück.

»Er suchte nach einer Frau. Clara Soßt war es offenbar nicht.« Hagen erhob sich von seinem Stuhl und schob das eingetütete Foto zurück in die Innentasche seiner Jacke. »Wer mag diese Fremde denn dann sein?«

»Vielleicht finden wir es irgendwann heraus. Die Frage ist nur, ob uns dieses Foto dabei helfen wird, den Mörder von Fred Hofmann zu finden.«

Hagen verzog einen Mundwinkel. »Verstehe. Sie wollen andeuten, dass wir hier gerade unsere Zeit vertan haben.«

Ruth lächelte begütigend. »So weit würde ich nun nicht gehen. Wir haben ein paar interessante Dinge erfahren. Nur weiß ich noch nicht so recht, wie wir die in unseren aktuellen Mordfall einordnen sollen.«

Clara kehrte in die Küche zurück. »Ich muss Sie jetzt bitten zu gehen«, sagte sie mit tonloser Stimme. »Ich werde nun doch nicht mehr zur Arbeit fahren. Nach diesem Gespräch gibt es für mich eine Menge zu verdauen, fürchte ich.«

»Eventuell tröstet es Sie, zu erfahren, dass Marie Ellenberg ihre Teilnahme an der Tagung abgebrochen hat«, sprach Hagen sie an. »Sie müsste inzwischen zu Hause sein. Vielleicht rufen Sie sie an, wenn Sie meinen, allein nicht mehr zurechtzukommen.«

Clara verzog säuerlich das Gesicht. »Ihre Anteilnahme können Sie sich sparen, Herr Kommissar«, sagte sie frostig. »Außerdem entscheide ich allein, was ich zu tun und zu lassen habe.«

»Aber, ich wollte doch bloß …«, setzte Hagen an.

»Verlassen Sie jetzt bitte mein Haus«, unterbrach Clara ihn unwirsch und drehte sich weg. »Ich möchte jetzt allein sein!«

»Ein Anliegen haben wir noch«, sagte Ruth.

»Was denn noch!«, stieß Clara ungehalten aus und wandte sich Ruth zu.

»Wären Sie damit einverstanden, dass wir einen Blick in Ihre Klientenakte werfen?«

Claras Miene verfinsterte sich. »Haben Sie das denn nicht längst getan?«

»Nein«, antwortete Ruth schlicht. »Dieses Foto ist versehentlich zwischen den Seiten hervorgerutscht.«

Clara lächelte spöttisch, als fiele es ihr schwer, der Hauptkommissarin zu glauben. »Meine Akte bleibt für Sie geschlossen«, sagte sie dann ablehnend. »Es steht sowieso nichts darin, was Sie interessieren könnte.«

»Wie Sie meinen.« Ruth gab Hagen mit einer Geste zu verstehen, mit ihr zu kommen. »Machen Sie es gut«, sagte sie zu Clara, ehe sie sich der Küchentür zuwandte.

Betreten schweigend folgte Hagen seiner Chefin bis vor die Haustür. »Zählen wir Clara Soßt jetzt eigentlich noch immer zu den Verdächtigen?«, fragte er, während sie auf den BMW zuhielten.

»Sie hat für die Tatzeit kein Alibi«, erinnerte Ruth ihren Partner. »Und wenn Clara bereits von alledem wusste, was wir soeben vermeintlich aufgedeckt zu haben glauben, dann hatte sie auch ein Mordmotiv.«

»Sie tötete Fred Hofmann, weil sie seine Falschheit durchschaut hatte?« Hagen furchte wenig überzeugt die Stirn. »Wenn das wahr ist, hat Clara gerade eine Show abgeliefert, die sie als noch viel abgebrühter dastehen lässt, als Fred Hofmann es je gewesen ist.«

*

Zurück in der Polizeiwache schauten Ruth und Hagen zuerst nach, ob aus dem kriminaltechnischen Labor in Emden inzwischen eine Nachricht eingetroffen war. Wie sich zeigte, lagen auf dem Polizeiserver die Untersuchungsergebnisse der Kollegen bereits vor. Wie nicht anders zu erwarten gewesen war, hatte die Spurensicherung im Traktoranhänger nichts wirklich Verwertbares gefunden. Während der Durchsuchung von Fred Hofmanns Hotelzimmer waren ebenfalls keine weiteren Indizien oder Beweisstücke gefunden worden.

Lediglich Dr. Fixlmillner hatte während der Obduktion der Leiche ein wenig mehr herausgefunden. Der Rechtsmediziner bestätigte seine am Löschkai geäußerte Einschätzung, was den Todeszeitpunkt anging. Fred Hofmann war demnach zweifelsfrei um Mitternacht herum getötet worden. Als Tatwaffe war anscheinend ein Filetiermesser mit einer Klingenlänge von vierundzwanzig Zentimetern verwendet worden.

»Mit derartigen Messern wird Fisch filetiert«, erläuterte Hagen und kratzte sich am Nacken. »Vermutlich besitzt jeder Fischer in Greetsiel ein solches Werkzeug.«

Am Opfer waren dem Bericht zufolge weder Abwehrspuren noch Blessuren eines Kampfes festgestellt worden. Der Stich ins Herz erfolgte gezielt und präzise; die Klinge wurde anschließend sogleich aus dem Körper herausgezogen. Das Blut an Fred Hofmanns rechten Hand ließ vermuten, dass er sich an die Stichwunde fasste und kurz darauf dann tot zusammenbrach. An den Hacken und Außenhinterteilen der Schuhe wurden frische Kratzspuren gefunden. Der Grad der Beschädigung ließ darauf schließen, dass Fred Hofmanns Füße mit den Zehen nach oben gekehrt eine kurze Strecke über den Boden geschleift wurden. Diese Spuren zu interpretieren, überließ Frank Fixlmillner natürlich den Ermittlern, eine Angelegenheit, die Hagen sofort und mit Feuereifer in Angriff nahm.

»Für mich stellt sich das so dar«, sagte er und nahm in seinem Bürosessel eine bequeme Sitzhaltung ein. »Um Mitternacht herum begegnete Fred Hofmann seinem Mörder am Löschkai. Entweder überraschte ihn das Auftauchen der uns unbekannten Person so sehr, dass er völlig überrumpelt wurde und dem tödlichen Messerstich nicht mehr ausweichen oder gar zur Gegenwehr ansetzen konnte, oder er kannte seinen Mörder und trat ihm völlig arglos entgegen.«

Ruth nickte beipflichtend und um ihren Partner dazu zu ermutigen, mit seinen Rückschlüssen fortzufahren.

»Der Täter stach mit einem wohlgezielten Hieb zu und zog das Messer übergangslos aus der Wunde«, sagte Hagen und furchte dabei die Stirn. »Die Klinge des Filettiermessers durchstieß glatt den Herzmuskel. Es war ein kompromissloses, zielgerichtetes Vorgehen. Anschließend packte unser Täter die Leiche unter den Achseln und schleifte sie auf den Traktorzug zu, wobei die Schuhe des Toten über den Boden scharrten, und die Kratzspuren entstanden. Der Mörder klappte die hintere Bordwand des Kippers am Ende des Zuges herunter, wuchtete den Toten auf die Ladefläche, legte ihn etwa in der Mitte ab und verließ den Anhänger. Er klappte die Bordwand hoch, verriegelte sie und ging seiner Wege.«

»Sie haben vergessen zu erwähnen, dass der Mörder die Taschen des Opfers leerte und dabei vermutlich unter anderem dessen Geldbörse und das Handy an sich brachte.«

Hagen hob den Zeigefinger. »Richtig.« Er krauste die Stirn. »Womöglich hat der Täter diese Habseligkeiten zusammen mit der Tatwaffe dann ins Hafenbecken geworfen. Ein geeigneterer Ort, um Dinge verschwinden zu lassen, ist am Löschkai weit und breit nicht zu finden.«

»Ich werde Felix bitten, uns einen seiner Polizeitauchen bereitzustellen«, sagte Ruth daraufhin. »Wenn Sie recht haben und das Glück uns hold ist, werden die Beweismittel im Hafenbecken gefunden werden.«

Nach der Schlappe, die er während der morgendlichen Befragung von Clara Soßt erfahren hatte, tat es Hagen offenkundig gut, nun einen sinnvollen Beitrag zu den Mordermittlungen beigesteuert zu haben. Er rekelte sich behaglich in seinem Bürosessel und faltete die Hände hinter seine Nacken.

Von der Bürotür her war nun ein Klopfen zu hören. Kurz darauf schwang die Tür auf und Alice beugte sich herein. »Marie Ellenberg ist am Apparat«, berichtete sie. »Ich soll Ihnen ausrichten, dass sie für eine Unterhaltung mit der Polizei jetzt Zeit erübrigen könne.« Sie verzog säuerlich das Gesicht. »Das waren genau ihre Worte.«

Ruth warf Hagen einen fragenden Blick zu.

»Warum nicht?«, sagte dieser daraufhin unternehmungslustig.

»Richten Sie Frau Ellenberg bitte aus, dass wir in wenigen Minuten in ihrer Praxis eintreffen werden«, wandte sich Ruth dann an die Streifenpolizistin.

Alice tippte sich mit der Hand kurz an die Stirn und kehrte dem Büro den Rücken, wobei sie die Tür hinter sich ins Schloss zog.

»Dann hören wir uns mal an, was die Psychologin uns zu sagen hat.« Ruth erhob sich aus ihrem Bürosessel und streifte ihr Jackett über. Hagen tat es ihr schwungvoll gleich. Während Ruth sich Claras Klientenakte schnappte, vergewisserte er sich, dass das eingetütete Foto noch in der Innentasche seiner Jacke steckte. Als Erster betrat er Alice' Arbeitsbereich und marschierte auf das bewegliche Teil des Empfangstresens zu, um es hochzuklappen.

»Ich soll Ihnen ausrichten, dass Frau Ellenberg Sie in Ihrer Wohnung empfängt«, rief Alice ihnen von ihrem PC herüber.

Ruth hob verwundert eine Augenbraue. »In Ordnung.« Sie nickte Alice dankend zu.

Wenig später saß Ruth zusammen mit Hagen im zivilen Einsatzwagen. Ein Klacks Möwenkot landete mit einem Platsch auf der Windschutzscheibe, als Hagen mit dem Auto vom Parkplatz fuhr und in die Ankerstraße Richtung Achterum einschwenkte.

*

Marie Ellenberg begrüßte die Kriminalisten mit einem reservierten Lächeln. Sie war eine ansehnliche Frau von etwa vierzig Jahren und trug bequeme, weite Kleidung in gemäßigten Farben. »Treten Sie ein«, sagte sie und deutete mit der Hand verhalten den Wohnungsflur entlang. Galant wandte sie sich ab und ging, barfuß wie sie war, voran. Dabei trat sie wie beiläufig gegen einen Koffer, der zusammen mit einer Reisetasche vor der Garderobe stand. »Verzeihen Sie die Unordnung«, sagte sie. »Die nächtliche Autofahrt von Hamburg nach Greetsiel war anstrengend. Ich habe mir noch keine Zeit genommen, mein Reisegepäck wegzuräumen.«

»Es tut mir leid, dass Sie sich genötigt gefühlt haben, Ihre Tagung abzubrechen«, sagte Hagen. Er ging vor Ruth her, während er der Psychologin folgte.

Marie streckte kurz die Hände zu den Seiten aus. »Ich verpasse lediglich die Abschlussveranstaltung«, meinte sie leichthin. »Das kann ich verschmerzen.« Sie betrat das Wohnzimmer, aus dem leise Jazzmusik tönte und sah über ihre Schulter hinweg ihre Gäste an. »Am Ende wird es erneut eine Party geben, wie fast an jedem der zurückliegenden Abende«, erläuterte sie. »Die arten manchmal ziemlich aus. Im Nachhinein weiß ich nicht, was für mich anstrengender war: die Vorträge und Workshops oder die nächtlichen Festivitäten.«

Als Hagen das Wohnzimmer betreten wollte, hob Marie wie ein Schutzmann vehement die Hand und deutete dann vorwurfsvoll auf seine Schuhe. »Die müssen Sie bitte ausziehen.«

Tänzelnd drehte sie sich um und schritt leichtfüßig über den Flokati.

Gehorsam streiften Ruth und Hagen die Schuhe ab.

»Bestimmt sind Sie hier überall mit Straßenschuhen rumgelaufen, als meine Sekretärin Sie in meine Wohnung gelassen hat, damit sie nach den verschwundenen Akten suchen können«, argwöhnte Marie und verzog despektierlich das Gesicht.

»Die Klientenakte von Deddo Hansen ist übrigens noch immer nicht aufgetaucht«, nahm Ruth die Bemerkung zum Anlass, das Gespräch auf ihre aktuellen Ermittlungen zu lenken.

Marie ließ sich aufs Sofa fallen und streckte die Arme und Beine von sich. »Wenn dieser Einbrecher sie nicht gehabt hat, ist sie wahrscheinlich gar nicht abhandengekommen«, sagte sie leichthin. »Wahrscheinlich haben Sie sich hier nicht gründlich genug umgesehen.« Marie musterte Ruth und Hagen streng. »Auf jeden Fall war es nicht okay, dass Sie deshalb bei Deddo aufgekreuzt sind. Bestimmt haben Sie dem Jungen und seinen Adoptiveltern einen gehörigen Schrecken eingejagt. Das war vollkommen überflüssig.« Ungeduldig wies sie auf die Sitzkissen auf der gegenüberliegenden Seite des niedrigen Couchtisches.

Ruth ließ sich im Schneidersitz auf einem der Bodenkissen nieder. Sie hatte eines ausgewählt, das nur mit wenigen Spiegelsegmenten bestickt war, denn es war ihr nicht ganz geheuer, sich auf Glassplitter niederzulassen.

Hagen zog es vor, sich auf den Flokati zu knien. Die Hände auf seine Oberschenkel gelegt und das Kreuz gerade durchgedrückt wirkte er auf Ruth wie ein gelehrsamer Jünger.

Ruth legte Claras Akte auf den Tisch. »Frau Soßt möchte nicht, dass wir ihre Mappe einsehen. Offenbar hat sie nicht vor, Sie von Ihrer Schweigepflicht zu entbinden.«

»Das kann ich mir denken«, sagte Marie abschätzig.

Hagen legte die eingetütete Fotografie wortlos neben die Akte.

Marie beugte sich vor und betrachtete das Bild aufmerksam. »Diese Frau sieht Clara ziemlich ähnlich«, stellte sie fest. »Nur dass sie etwa zwanzig Kilo mehr gewogen haben dürfte, als sie so alt war wie die Frau auf diesem Foto.«

»Hatte Frau Soßt Ihnen davon erzählt, dass sie auf dem Friedhof von einem Mann angesprochen wurde?«, wollte Ruth wissen.

Marie schüttelte den Kopf. »Clara kommt nur einmal im Monat zu mir. Das letzte Treffen liegt fast vier Wochen zurück. Diese Begebenheit, auf die Sie anspielen, muss sich also irgendwann nach unserer letzten Sitzung zugetragen haben.« Sie lächelte dünn. »Wenn ein Mann Interesse an ihr gezeigt hätte, hätte sie mir unweigerlich davon erzählt.«

Die Schallplatte auf dem Plattenteller war bis zum Ende durchgespielt und der Tonarm schwenkte automatisch in seine Ausgangsposition zurück. Mit einer eleganten Bewegung stand Marie auf und schlenderte zum Plattenspieler hinüber. »Ich finde es bedenklich, dass dieser Rainer Engel, der in Wahrheit Fred Hofmann hieß, jetzt nicht mehr am Leben ist, nachdem er mit Clara angebandelt hatte.« Während sie sprach, schob sie die abgespielte Schallplatte in eine weiße Schutzhülle und ließ diese dann behutsam in das Plattencover gleiten. »Claras Verhältnis zu Männern war stets ambivalent und alles andere als normal.«

Ruth und Hagen tauschten einen stummen Blick.

Marie hockte sich vor ihre Plattensammlung, schob die LP in eine der Kisten und blätterte sich durch die Alben. »Haben Sie einen Musikwunsch?«, erkundigte sie sich. »Vielleicht etwas von Hans Albers?« Sie warf Ruth einen Blick zu. »Sie kommen doch aus Hamburg, nicht wahr?«

»Ich würde diese Unterhaltung lieber ohne musikalische Begleitung fortführen«, äußerte sich Ruth.

»Oh!«, rief die Psychologin plötzlich. »Hier ist sie ja!« Sie zog einen schmalen Aktenordner zwischen den Schallplatten hervor und hielt ihn über ihren Kopf. »Die Klientenakte von Deddo Hansen!« Sie erhob sich. »Wahrscheinlich lag sie zwischen den Schallplatten auf dem Couchtisch. Und als ich die LPs vor meiner Abreise zusammenraffte und in die Kiste tat, muss die Mappe dazwischengeraten sein.«

Sie kehrte zur Couch zurück. »Dann also keine Musik«, sagte sie schulterzuckend und ließ sich mit untergeschlagenen Beinen in die Polster sinken. Ihr Blick war dabei auf den Aktenordner in ihren Händen gerichtet, der ein wenig ramponiert aussah, wie Ruth bemerkte. »Dann ist das Rätsel um Deddos Unterlagen jetzt also geklärt«, sagte Marie frohgemut und stopfte den Ordner kurzerhand hinter ein Polsterkissen. Ihr hübsches Gesicht nahm einen ernsten Ausdruck an. Mit einem knappen Kopfnicken deutete sie auf Clara Soßts Akte, die nach wie vor auf dem Couchtisch lag. »Fred Hofmann ist wahrscheinlich bloß deshalb in meine Praxis eingebrochen, um an Claras Unterlagen heranzukommen«, mutmaßte sie. »Aus diesem Grund hatte er wohl auch vorgetäuscht, dringend ein psychologisches Gespräch mit mir führen zu müssen. Er suchte bloß nach einer Gelegenheit, an Claras Klientenakte heranzukommen. Und weil sich ihm eine solche nicht eröffnete, brach er kurzerhand in meine Praxis ein.«

Ruth wiegte abwägend den Kopf. »Sie haben für die Bremer Kripo als Profilerin gearbeitet. Fußt Ihre Einschätzung auf Ihren Erfahrungen, die sie auf diesem Gebiet gesammelt haben?«

Marie verschränkte unbehaglich die Arme. »Möglicherweise«, sagte sie zurückhaltend. »Allerdings bin ich nur sehr kurz und auch nur während eines einzigen Falls für die Bremer Polizei tätig gewesen. Während dieser kurzen Phase musste ich feststellen, dass diese Art psychologischer Dienstleistung nichts für mich ist.« Sie bewegte die Schultern, als wollte sie ein Frösteln abschütteln. »In die Seele eines Mörders zu schauen, sich in seine Lage zu versetzen und seinen Beweggründen nachzuspüren ist eine heikle Angelegenheit, der ich nicht gewachsen war. Das musste ich auf schmerzliche Weise am eigenen Leib erfahren.« Sie ließ die Hände auf den Schoß sinken und knetete die Finger. »Es hat mich innerlich förmlich zerrissen, all diesem Übel und dem abgründig Bösen dieses Mörders nachzuspüren, dem wir auf der Spur waren.«

»War es für Sie denn nicht befriedigend, dass Arnold Fleißer mit Ihrer Unterstützung schließlich dingfest gemacht werden konnte?«, wollte Hagen wissen.

Das Gesicht gesenkt, schüttelte Marie den Kopf. »Ich war wie vergiftet«, gestand sie. »All diese schrecklichen Details über die Morde, die dieser Mann begangen hatte, mit seiner Psyche in Zusammenhang zu bringen und daraus ein stimmiges Profil zu erstellen … das alles hatte mir eine toxische Seele offenbart, die niemals geheilt werden könnte. Das zu erkennen, hat mich zutiefst erschüttert und mein Vertrauen in meine Arbeit fast zerstört.« Sie blickte zu den Kriminalisten auf, ein verzagtes Lächeln auf den Lippen. »Es hat lange gedauert, bis ich diese Krise überwunden und erneut Zutrauen in meine Person gefasst hatte.« Sie hob kraftlos die Schultern. »Ich habe mir geschworen, mich nur noch um die Probleme normaler Leute zu kümmern, Menschen, die sich mit alltäglichen psychischen Unwägbarkeiten herumschlagen müssen. Bei denen kann ich viel mehr bewirken als bei den verlorenen Seelen, die sich von der Menschlichkeit gänzlich abgekehrt haben.«

Marie schnappte sich ein Kissen und drückte es gegen ihren Unterbauch. »Ein unschönes Kapitel in meinem Leben«, kommentierte sie. »Aber auch ein Kapitel, das mich feinfühlig gegenüber Menschen gemacht hat, die in finstere Gefilde abzudriften drohen.« Mit einem Kopfnicken deutete sie auf Clara Soßts Akte. »So wie diese Klientin zum Beispiel«, sagte sie rau. »Clara hat durchaus das Potenzial dazu, böse zu werden.«

Ruth horchte auf. »Wollen Sie damit andeuten, Sie würden Frau Soßt einen Mord zutrauen?«

Marie lüpfte kurz das Kissen. »Ich müsste lügen, wenn ich es verneinen würde.«

»Wenn Sie von einer geplanten Straftat Kenntnis erhalten haben, sind Sie verpflichtet, sich an die Behörden zu wenden«, erläuterte Hagen eindringlich. »Wenn Sie in einem solchen Fall weiterhin an Ihrer Schweigepflicht festhalten, machen Sie sich strafbar.«

»Das ist mir durchaus bekannt«, gab Marie frostig zurück. »Die Anzeigepflicht gilt aber nur bei besonders schweren Straftaten«, dozierte sie. »Etwa solche, die einen gravierenden Angriff auf die verfassungsmäßige Ordnung darstellen. Oder das Leben, die körperliche Unversehrtheit und die persönliche Freiheit eines Einzelnen oder einer unbestimmten Anzahl von Menschen gefährden. Dazu zählen Verbrechen wie Hochverrat, Landesverrat, Mord, Totschlag und …«

Ruth hob begütigend eine Hand und brachte die Psychologin damit zum Schweigen. »Dies hier ist kein Symposium über die Ausnahmen von Schweigepflicht. Hier geht es um konkrete Sachverhalte.« Ruth sah Marie auffordernd an. »Sollten Sie uns einen solchen mitzuteilen haben, ist jetzt die beste Gelegenheit dafür.«

Marie seufzte. »Wir haben es in diesem Fall mit einer Grauzone zu tun«, erwiderte sie zögernd. »Allein die Tatsache, dass sich in Claras nahen Bekanntenkreis ein Mord ereignet hat, lässt mich bestimmte Äußerungen, die sie während unserer Sitzungen zum Besten gegeben hat, jetzt in einem anderen Licht erscheinen.« Sie blickte ernst vor sich hin, als ränge sie um eine Entscheidung. »Clara äußerte häufig Gewaltfantasien. Dies ausnahmslos in Zusammenhang mit ihrer Mutter, von der sie sich kontrolliert und unterdrückt fühlte. Diese Gewaltfantasien habe ich als freudianischen Impuls gewertet, sich gegen die Mutter aufzulehnen und sich von ihrer Dominanz zu befreien. Ich deutete sie als Metapher und nicht als wortwörtlich zu verstehende Androhung.« Sie hob eine Hand und bewegte geziert die Finger, als wollte sie etwas Zerbrechliches bedachtsam aus der Luft herauslösen. »Im Grunde fühlte Clara sich von ihrer Mutter verraten, weil sie die Schwäche und Verletzlichkeit ihrer Tochter für ihre Zwecke ausnutzte. Wenn diese Gefühle der Ablehnung und des Missbrauchs bei Clara durch andere Personen ausgelöst werden, durch Personen, denen sie sich in Liebe geöffnet hat … weiß ich nicht, ob die in ihr dann unweigerlich aufkommenden Gewaltfantasien nicht in konkrete Aktionen kulminieren könnten.«

»Mit anderen Worten, Sie halten es durchaus für denkbar, dass Frau Soßt zur Mörderin wurde, nachdem sie begriff, dass Rainer Engel ein Betrüger war und sie nur benutzt hat?«, fragte Ruth geradeheraus.

Marie nickte schweigend.

»Benutzt hat, um was genau zu erreichen?«, warf Hagen fragend ein. Er legte die Hand auf das mitgebrachte Foto. »Er wollte diese Frau finden. Aber warum, das wissen wir nicht!«

»Ob meine Vermutung zutrifft und was Fred Hofmann von Clara wollte, werden Sie selbst herausfinden müssen.« Marie knautschte nervös das Kissen auf ihrem Schoß. »Mehr kann und will ich Ihnen dazu nicht sagen!«

»Sie waren einmal Profilerin«, sagte Hagen aufgewühlt. »Ihr Verdacht kommt daher gewiss nicht von Ungefähr.«

Marie lächelte unglücklich. »Ich war ganz gut in dem, was ich damals tat«, sagte sie bescheiden. »Arnold Fleißer konnte das grausige Handwerk gelegte werden. Ich hatte damals allerdings angenommen, dass er einen Komplizen gehabt haben musste. Diese Einschätzung erwies sich jedoch als nicht zutreffend, denn es konnten keine Beweise dafür gefunden werden.« Sie seufzte schwer. »Wohl habe ich mich bei dieser Arbeit nicht gefühlt. Und so ist es auch jetzt. Ich wünschte, ich wäre von Ihnen nicht in diese Sache hineingezogen worden.« Mit entschlossener Geste legte sie das Kissen neben sich. »Ich möchte Sie bitten, jetzt zu gehen. Es sei denn, Sie haben noch Fragen.«

»Momentan wäre das alles«, sagte Ruth und erhob sich aus dem Schneidersitz. Dabei musste sie feststellen, dass ihr linkes Bein eingeschlafen war.

Hagen, der zackig hochgekommen war und dabei nach dem eingetüteten Foto gegriffen hatte, stützte seine Chefin fürsorglich, als er bemerkte, dass diese leicht wankte.

Ruth schüttelte seine Hand ab. »Es geht schon«, blaffte sie mürrisch. Es kostete sie dann allerdings einiges an Geschick, um mit dem kribbelnden Bein in die Schuhe zu schlüpfen.

Marie geleitete ihre Gäste bis zur Wohnungstür, wobei Ruth bei jedem Schritt das malträtierte Bein genervt schüttelte. »Ich werde mich nachher bei Deddos Eltern melden und ihnen mitteilen, dass die Akte ihres Schützlings nicht weggekommen ist und sie sich nicht mehr zu sorgen brauchen«, verkündete die Psychologin, als sie die Wohnungstür öffnete.

»Danke für Ihre Hilfe«, sagte Hagen.

»Machen Sie das Beste daraus.« Mit diesen Worten schloss Marie die Tür hinter den Kriminalisten und drehte geräuschvoll den Schlüssel herum.

Ruth hatte begonnen, die Treppe hinabzusteigen, wobei sie sich mit einer Hand am Geländer festhielt. »Was meinen denn Sie, was in diesem Fall das Beste wäre?«, fragte sie ihren Partner, als dieser leichtfüßig neben ihr die Stufen hinabtänzelte.

»Wir statten Clara Soßt einen weiteren Besuch ab«, antwortete er. »Und dann finden wir heraus, wie sehr sie sich verraten fühlt, weil Rainer Engel ihre Schwäche und Verletzlichkeit ausnutzte.« Er zog die Haustür auf und ließ Ruth den Vortritt. »Und dann soll sie uns verdammt noch mal endlich sagen, was Fred Hofman ihrer Meinung nach wirklich im Schilde führte, als er sich an sie rangemacht hat.«

Ruth nickte neutral. Ihr Schritt war merklich fester geworden, als sie jetzt auf den zivilen Einsatzwagen zu ging.

*

»Verschwinden Sie!«, drang Claras überschnappende Stimme durch die geschlossene Haustür. Hinter den Butzenscheiben im oberen Drittel des Türblatts zeichnete sich undeutlich ihre Silhouette ab. »Ich ertrage das alles nicht mehr!«

»Sie werden aber mit uns sprechen müssen, Frau Soßt!«, rief Hagen und drückte erneut den Klingelknopf.

Claras Silhouette verschwand. Der hämmernde Klang ihrer Schritte verriet, dass sie den Hausflur hinunterrannte.

Hagen sah Ruth entgeistert an. »Versucht sie etwa zu fliehen?«

»Sie bleiben hier und bewachen den Vordereingang«, befahl Ruth und sprintete los. Nachdem sie so lange im Schneidersitz auf dem Kissen rumgehockt hatte, empfand sie es als Wohltat ihren Körper jetzt ein wenig zu beanspruchen. Sie wurde immer schneller, während sie um das Haus rannte, um auf die Rückseite des Gebäudes zu gelangen. Sie wäre Clara dann fast in die Arme gelaufen, die gerade im Begriff war, durch die Hintertür nach draußen zu stürmen.

Clara erstarrte, als sie der Hauptkommissarin sah. Im nächsten Moment warf sie sich herum und stürzte zurück ins Haus.

»Wir wollen uns mit Ihnen bloß unterhalten«, unternahm Ruth einen Versuch, die Frau zu beruhigen. Clara hatte die Hintertür offengelassen, und so trat Ruth kurzerhand über die Schwelle. Befremdet stellte sie fest, dass Clara nun die Treppe hinaufrannte, anstatt Richtung Vordereingang zu laufen. Dieses Verhalten kam Ruth beunruhigend vor. Clara verhielt sich irrational, wie jemand, der in die Enge getrieben wurde und nun panisch reagierte.

In plötzlicher Sorge sprintete Ruth los, nahm immer zwei Stufen auf einmal, während sie die Treppe hinauf stürmte. Clara war auf dem oberen Treppenabsatz nicht mehr zu sehen. Aber Ruth konnte sie hören. Offenbar erklomm sie gerade eine Holzstiege. Ihre Schritte hämmerten im Stakkato, während sie sich rasch entfernten.

Ruth lief den kurzen Flur entlang, der links vom Treppenabsatz wegführte. Er endete vor einer engen Holzstiege. Diese führte offenbar zum Dachboden hinauf, was Ruth kurz darauf bestätigt fand, als sie das Ende der Treppe erreichte. Die schmale Brettertür schwang soeben zurück, von der Wucht, mit der Clara sie aufgestoßen hatte, von der Wand zurückgeprallt.

»Clara – nehmen Sie Vernunft an!«, rief Ruth aufgebracht, während sie sich in dem dunklen Dachbodengelass umsah. Leere Wäscheleinen spannten sich zwischen den Balken. Vor der Stirnwand stapelten sich Kisten und Kartons, und auf der gegenüberliegenden Seite standen ausrangierte Möbel.

Von Clara fehlte jedoch jede Spur.

Mit Schrecken stellte Ruth fest, dass die Dachluke offenstand. Eine Leiter, die wahrscheinlich für den Schornsteinfeger vorgesehen war, führte hinauf. Ohne Zögern erklomm sie die Sprossen. Als sie kurz darauf den Kopf durch die Öffnung steckte, erblickte sie Clara, die einige Schritte entfernt auf dem Dachfirst kauerte. Mit einer Hand hielt sie sich am Schornstein fest, mit der anderen stützte sie sich auf die Dachschindeln.

»Ich … ich werde springen!«, drohte Clara und schraubte sich unsicher empor. Zögernd nahm sie die Hand von den Schindeln und rieb sich die verschwitzten Handflächen an ihrem Pulli trocken.

»Was soll das?« Ruth schob sich durch die Luke aufs Dach. »Warum sagen Sie mir nicht einfach, was Sie bedrückt?«

»Mich bedrückt überhaupt nichts!«, schrie Clara sie an. »Ich habe nur genug davon, dass jeder, der mir was bedeutet, nur darauf aus ist, mich auszunutzen!«

»Ich will Sie ganz bestimmt nicht ausnutzen«, hielt Ruth dagegen und zog die Beine aus der Luke. »Ich mag Ihnen nicht nahestehen, vielleicht bedeutet es Ihnen dennoch etwas.«

Clara lachte freudlos auf. »Sie brauchen einen Schuldigen für den Mord an Rainer. Ich habe ihn geliebt. Aber er … er …« Sie brach in Schluchzen aus.

»Haben Sie ihn ermordet?«, fragte Ruth unumwunden. Vorsichtig bewegte sie sich die Dachschräge entlang auf den Schornstein zu, wobei sie Füße und Hände gleichermaßen zu Hilfe nahm. Ein kurzer Seitenblick zeigte ihr, dass sie sich auf der der Straße zugekehrten Dachseite aufhielt. Hagen musste irgendwo dort unten vor der Haustür stehen.

»Warum sollte ich einem Menschen, den ich geliebt habe, das Leben nehmen wollen?«, fragte Clara wirr.

»Weil er sie maßlos enttäuscht hat?« Ruth schob sich einen weiteren Meter auf die Frau zu, der der Kranz des Schornsteins gerade mal bis an die Brust reichte und die die Füße immer wieder nachsetzen musste, um auf den Ziegeln nicht abzurutschen. Der blaue Himmel und die friedlich darüber hinwegziehenden Möwen bildeten einen harten Kontrast zu der bedrohlichen Situation auf dem Dach dieses mehrstöckigen Einfamilienhauses.

»Dass Rainer mir was vorgemacht hat, habe ich erst durch Sie und Ihren Kollegen erfahren!«, rief Clara anklagend. Unwirsch wischte sie eine Haarsträhne fort, die eine Böe ihr ins Gesicht geweht hatte. »Wären Sie nicht gewesen, hätte ich meinem Geliebten in Ruhe nachtrauern können, im Glauben, dass er mich wirklich mochte. Jetzt weiß ich, dass er mich genauso hintergangen hat, wie meine Mutter es immer getan hat. So kann ich nicht weiterleben!«

Ruth streckte Clara die Hand hin. Aus den Augenwinkeln sah sie Hagen, der unten auf dem Rasen zu ihnen hinaufschaute. »Wenn Sie unschuldig sind, helfen Sie mir, den wahren Mörder zu fassen«, forderte Ruth sie auf.

Tränen rannen Claras Wangen hinab. »Ich traue Ihnen nicht!«, jammerte sie verzagt.

»Was ist mit der Wut, die Sie empfinden, wenn Sie enttäuscht wurden?«, fragte Ruth. »Treibt dieser Zorn Sie nicht dazu, die Wahrheit ans Tageslicht zu bringen?« Ruth verstummte abrupt, als ihr bewusst wurde, dass sie soeben einen Fehler begangen hatte.

Clara wurde bleich im Gesicht. Ihr Mund bewegte sich, ohne dass ein Ton hervorkam. »Marie«, sagte sie dann wie eine Schlafwandlerin. »Sie hat Ihnen von unseren Sitzungen erzählt. Auch sie hat mich verraten!« Sie ließ den Schornstein los und bewegte sich mit trippelnden Schritten die Dachschräge hinunter. Ruth versuchte sie zu packen, griff jedoch ins Leere.

»Hagen – sie springt!«, schrie Ruth aus Leibeskräften und in der Hoffnung, dass ihr Partner sie hörte und irgendetwas unternahm.

Im nächsten Moment hatte Clara das untere Ende der Dachschräge erreicht und ließ sich mit seitlich abgespreizten Armen in die Tiefe fallen.

*

Auf dem Hosenboden rutschte Ruth das Dach hinunter und bremste die Abwärtsbewegung mit den Schuhsohlen notdürftig ab. Sie rammte den rechten Hacken in die Vertiefung der Regenrinne, als sie die untere Dachkante erreichte, und stoppte ihre Rutschpartie. Schwer atmend beugte sie sich vor und reckte den Hals, um einen Blick nach unten zu werfen. Clara hatte während des Falls nur einen kurzen spitzen Schrei ausgestoßen. Sie hatte eher überrascht, und nicht wie in Todesnot geklungen. Und nun entdeckte die Hauptkommissarin auch den Grund dafür. Hagen hatte die Sonnenliege mit großer Hast vor das Haus gezogen, genau dorthin, wo Clara aufschlagen würde, wenn sie denn tatsächlich springen würde, was dann ja auch geschehen war.

Clara lag bäuchlings auf der unter ihr zusammengebrochenen Liege. Ob die Federung und die Polster den Aufprall genügend abgefangen hatten, um die Frau zu retten, vermochte Ruth nicht einzuschätzen. Hagen kniete neben ihr und beugte sich jetzt über sie.

»Ist sie am Leben?«, rief Ruth zu ihrem Partner hinunter.

Hagen blickte erschreckt zu ihr auf. »Sind Sie von Sinnen?«, rief er alarmiert. »Kommen Sie von dem Dach runter, ehe noch ein weiteres Unglück geschieht!«

»Ist sie am Leben, will ich wissen!«, rief Ruth ungehalten.

Hagen nickte. »Sie ist benommen. Wie stark sie verletzt ist, kann ich nicht sagen. Bestimmt hat sie sich ein paar Knochen gebrochen und, wenn's schlimm kommt, innere Verletzungen davongetragen.« Er holte sein Handy hervor. »Ich rufe jetzt den Notarzt – und Sie kommen bitte von diesem verfluchten Dach runter!«

Ruth nickte und drehte sich auf den Schindeln vorsichtig um, sodass sie auf allen vieren die Schräge hinaufklettern konnte. Schließlich langte sie bei der Dachluke an und stieg auf die Leiter. So schnell sie konnte, eilte sie durch das Haus zur vorderen Eingangstür, zog sie auf und rannte ins Freie.

Hagen hatte Clara unterdessen von der zerstörten Liege gerollt und in eine stabile Seitenlage gebracht. »Es wird gleich ein Rettungshubschrauber eintreffen«, unterrichtete er seine Chefin.

»Gut gemacht!« Ruth kniete sich an Claras Seite. Sorgenvoll betrachtete sie das Gesicht der Frau. Die Augen waren geöffnet und blickten unstet umher.

»Haben Sie Schmerzen?«, fragte Ruth.

»Lassen Sie mich in Ruhe«, kam es kraftlos über Claras Lippen.

Ruth fuhr sich mit der Hand übers Gesicht. »Ich habe einen Fehler gemacht. Und das tut mir leid.«

»Was ... meinen Sie?«, wisperte Clara verstört.

Ruth legte ihr sanft eine Hand auf die Schulter. »Es war falsch, Sie unter Druck zu setzen. Ich habe die Situation nicht richtig eingeschätzt.«

»Sie glaubten, ich würde wütend werden«, stellte Clara fest.

Ruth nickte reumütig. »Ich habe mich durch die Worte Ihrer Therapeutin fehlleiten lassen. Sie wurden nicht wütend, sondern verzweifelt.«

Clara verzog schmerzhaft den Mund. »Marie hat mich anscheinend nicht so gut gekannt, wie sie glaubte.« Sie hustete verhalten. »Irgendwie hat das etwas Tröstliches.«

Ruth krauste verwundert die Stirn. »Wie meinen Sie das?«

»Womöglich hatte meine Mutter mich auch nicht wirklich gekannt«, sagte Clara matt. »Sie hat mich nicht gesehen – nur eine Person, die sie nach ihren Vorstellungen formen wollte. Aber diese Person war gar nicht ich.«

Ruth hatte den Eindruck, dass Clara wirr zu reden anfing. »Schonen Sie Ihre Kräfte«, sagte sie daher. »Gleich wird Hilfe eintreffen.«

»Rainer war der Einzige, der mich wirklich gekannt und gesehen hat«, fuhr Clara nichtsdestotrotz fort. »Zuerst hatte er mich wohl mit dieser anderen Frau verwechselt ... doch dann ...« Ihr Blick klärte sich und sie sah Ruth eindringlich an. »Er hat gar nicht nach dieser Frau auf dem Foto gesucht. Da bin ich mir jetzt sicher. Er suchte eine andere Person.« Sie lächelte verklärt. »Dabei hat er mich gefunden. Ich meine: Er hat wirklich *mich* gefunden. Er mochte mein Wesen. Er mochte mich tatsächlich ...« Tränen schimmerten in ihren Augen. »Sie müssen diesen Unhold finden, der den einzigen Menschen ermordet hat, der mich je um meiner selbst willen geliebt hat!«

»Das werden wir«, versicherte Ruth begütigend. »Und nun ruhen Sie sich aus.«

Das Dröhnen eines Helikopters wehte zu ihnen herüber. Ruth erhob sich, sah zu Hagen hinüber, der in der Grundstückseinfahrt stand und nach dem Rettungshubschrauber Ausschau hielt.

»Sie sind ein Held!«, rief sie ihm aufrichtig zu. »Wenn Sie nicht so geistesgegenwärtig reagiert hätten, wäre diese Frau jetzt vermutlich tot!«

Hagen lächelte bescheiden. »Ich bin nur froh, dass wenigstens Sie unverletzt geblieben sind!«

Kapitel 5

Hauptkommissarin Ruth Fasan brauchte einige Zeit, um das Erlebnis auf dem Dach von Clara Soßts Haus zu verarbeiten und mit sich ins Reine zu kommen. Sie machte sich Vorhaltungen, weil sie die Situation so grundlegend falsch eingeschätzt und darum nicht richtig gehandelt hatte. Clara würde jetzt nicht in der Notaufnahme einer Emder Klinik liegen, wenn sie einfühlsamer auf sie eingegangen wäre. Dank Hagens beherztem Vorgehen war die Sache noch einmal glimpflich abgelaufen. Bis auf einen Rippenbruch, Quetschungen und einer Gehirnerschütterung war der Sturz für Clara anscheinend folgenlos geblieben.

»Ich hätte Marie Ellenbergs Worten nicht so viel Bedeutung bemessen dürfen«, sagte Ruth zum wiederholten Mal, während sie grübelnd an ihrem Schreibtisch saß.

»Umgekehrt wäre es verantwortungslos gewesen, die Einschätzung einer Profilerin unberücksichtigt zu lassen«, ging Hagen auf die leise vor sich hingemurmelten Worte seiner Chefin ein.

Ruth schüttelte selbstkritisch den Kopf. »Es ist Jahre her, als Frau Ellenberg zuletzt mit der Polizei zusammengearbeitet hat. Das hätte ich bedenken müssen.«

»Das eine Mal, als sie als Profilerin tätig gewesen war, war sie jedenfalls ziemlich erfolgreich gewesen«, hielt Hagen dagegen.

»Der Umgang mit Schwerkriminellen hat sie fast zerstört. Sie war eindeutig nicht für diesen Job geschaffen.«

»Jeder macht mal Fehler.«

Ruth war sich sicher, dass Hagens Worte auf sie gemünzt waren. Und er hatte recht. Nur, dass Ruth sich diesen Fehler nicht verzeihen konnte. Sie sah zu ihrem Partner hinüber, der ausnahmsweise mal nicht an seinem PC arbeitete, sondern in irgendwelchen Unterlagen las, die auf seinem Schreibtisch ausgebreitet lagen. »Was machen Sie da eigentlich die ganze Zeit?«, erkundigte sie sich.

Hagen hob den Buchdeckel ein Stück an, damit Ruth sehen konnte, womit der sich beschäftigte.

»Sie lesen in Jella Soßts Chronik«, stellte Ruth fest.

»Ich versuche herauszufinden, wonach Fred Hofmann in Greetsiel gesucht haben könnte«, bestätigte Hagen. »Clara kann es ihren eigenen Worten nach nicht gewesen sein.« Er warf Ruth einen Blick zu. »Wenn man den Worten einer Frau, die gerade einen

Selbstmordversuch überlebt hat, Glauben schenken kann – was ich, ehrlich gesagt, tue.«

Ruth nickte bedächtig. »Ich neige ebenfalls dazu, ihr zu glauben. Ich denke, wir können Clara Soßt vorerst ganz unten auf unsere Liste der Verdächtigen platzieren.«

Hagen klappte das Buch zu. Sein Blick ruhte nachdenklich auf dem Einband.

»Sind Sie fertig mit der Lektüre?«, erkundigte sich Ruth.

Hagen nickte, ohne den Blick von der Chronik abzuwenden. »Es ist seltsam«, sagte er gedankenversunken. »In diesen Aufzeichnungen gibt es nur eine einzige Begebenheit, die mit unserem aktuellen Mordfall einen Berührungspunkt aufweist.«

»Berührungspunkt?«, wiederholte Ruth. »Das klingt äußerst vage.«

»Das ist es auch.« Hagen schob das Buch von sich. »Deddo Hansen«, sagte er dann nur.

Ruth hob eine Augenbraue. »Er ist der Berührungspunkt?«

Hagen nickte erneut. »Jella Soßt gibt seine Rettung in ihrer Chronik genauso wieder wie Gretje und Boie Hansen sie uns geschildert haben. Wie Deddo von dem Fischerehepaar in der herrenlos auf dem Meer treibenden Segelyacht gefunden wird – bis zu seiner Adoption durch die Hansens.« Er schlug das Buch auf. »Jella Soßt erwähnt in ihrem Text sogar, dass Deddo im Teenageralter aufgrund dieses traumatischen Erlebnisses bei Marie Ellenberg eine Therapie begonnen hat. Auch der Name der Yacht wird erwähnt. Sie hieß *Cherry*.«

»Das ist interessant.« Ruth erhob sich aus ihrem Bürosessel. »Darüber hinaus haben diese Chronikbände nichts für uns Relevantes vorzuweisen?«, vergewisserte sie sich.

»Nichts«, bestätigte Hagen.

Ruth stellte sich neben Hagens Schreibtisch. »Fred Hofmann muss erwartet haben, in diesen Chronikbänden etwas zu finden, was ihm bei seiner Suche helfen könnte. Ansonsten hätte er sich kaum die Mühe gemacht, sie zu stehlen.« Sie klaubte das eingetütete Foto von Hagens Schreibtisch und betrachtete es gedankenversunken. Sie wendete es und überflog erneut den handschriftlichen Vermerk auf der Rückseite. »Und wenn er doch gefunden hat, wonach er suchte?«, überlegte sie laut. Sie hielt Hagen das Foto hin. »Was, wenn er nicht die Frau auf diesem Bild gesucht hat, sondern das Kind, das sie in den Armen hält? Einen Sohn anscheinend, wie auf der Rückseite vermerkt wurde.« Ruth drehte den ramponierten Abzug um, sodass Hagen die Notiz sehen konnte. »Wenn man zur Jahreszahl der Entstehung dieser Fotografie die Jahre hinzuaddiert, die seitdem vergangen sind, dann …«

»Kommt man auf achtzehn Jahre«, vervollständigte Hagen.

»So alt wie Deddo Hansen jetzt in etwa ist.«

Hagen umschloss mit Daumen und Zeigefinger sein Kinn. »Marie Ellenberg schließt allerdings aus, dass Fred Hofmann sich für Deddo interessiert haben könnte«, gab er zu bedenken.

»Weil Deddos Klientenakte nicht aus der Praxis gestohlen wurde«, sagte Ruth. »Aber das ist womöglich nur deshalb nicht geschehen, weil sich die Mappe zwischen den Schallplatten in der Wohnung der Psychologin befunden hat. Fred hatte in der Praxis nach Deddos Akte gesucht, sie jedoch nicht gefunden. Stattdessen stieß er bei dieser Suche zufällig auf die Unterlagen, die Marie Ellenberg über Clara angelegt hatte. Dieser Gelegenheit konnte er nicht widerstehen, also nahm er sie an sich.«

Hagen furchte die Stirn, als würde ihm Ruths Argumentation nicht ganz schlüssig vorkommen. »Warum ist Fred Hofmann später dann nicht in Marie Ellenbergs Wohnung eingebrochen, um dort nach der Akte zu suchen, die er in ihrer Praxis nicht hatte finden können? Denn dass es eine geben musste, hatte ihm die Chronik von Jella Soßt verraten.«

Ruth ließ das Foto sinken. »Das kann ich leider nicht beantworten«, sagte sie bedauernd. »Genauso wenig, wie ich mir zusammenreimen kann, warum Fred Hofmann dieses Kind, Deddo, gesucht haben könnte.«

»Weil er sein Vater ist?«, fragte Hagen schlicht.

Ruth wiegte skeptisch den Kopf. »Wenn dem so wäre und Fred herausgefunden hat, wo sich sein Sohn aufhält, hätte er sicherlich versucht, Kontakt zu Deddo aufzunehmen.«

»Vielleicht hatte er es getan, nur wir wissen nichts davon«, gab Hagen zu bedenken.

»Das wäre natürlich möglich.« Ruths Miene nahm einen entschlossenen Ausdruck an. »Wir müssen dieser Sache auf den Grund gehen«, entschied sie.

»Unbedingt!« Hagen schoss von seinem Sessel hoch. »Wenn Fred Hofmann sich den Hansens gegenüber als Deddos Vater zu erkennen gegeben hat, hat ihnen das eventuell überhaupt nicht gefallen«, sagte er aufgeregt. »Vielleicht befürchteten sie, dass dieser Kerl ihnen ihren Sohn wegnehmen wollte. Und darum beschlossen sie, ihn zu töten!«

Ruth hob beschwichtigend die Hände. »Immer hübsch langsam mit den wilden Seepferdchen«, sagte sie.

Hagen sah auf seine Armbanduhr. »Deddo müsste inzwischen von der Schule zurück sein«, fuhr er noch immer aufgeregt fort. »Wir werden ihn also in unsere Befragungen mit einbeziehen können. Das halte ich für wichtig, falls Fred Hofmann sich an den Hansens vorbei nur mit Deddo allein getroffen haben sollte.«

*

Ruth und Hagen gesellten sich zu dem Fischerehepaar im schmalen Garten hinter dem Haus. Boie saß auf einem Deckchair und las in einer lokalen Tageszeitung, und Gretje, die die Kriminalisten um das Haus herumgeführt hatte, nachdem sie an der Tür geklingelt hatten, war gerade mit Gartenarbeit beschäftigt gewesen. Ihrem griesgrämigen Gesichtsausdruck nach zu urteilen, war sie über die neuerliche Störung durch die Polizei nicht gerade erfreut.

»Ich dachte, diese Sache wäre erledigt«, sagte sie mürrisch, während sie den ungebetenen Gästen mit einer nachlässigen Geste bedeutete, sich an den Campingtisch zu setzen. Der stand im Schatten des Deiches, der das Grundstück zum Hafen hin abgrenzte.

»Können Sie Deddo bitte hinzurufen«, forderte Ruth die Frau auf, während sie Platz nahm.

»Der ist nicht da«, sagte Boie, während er die Zeitung auf seine Beine ablegte. »Er nimmt Segelunterricht«, setzte er erläuternd hinzu, wobei nicht zu überhören war, wie stolz ihn dies machte. »Er ist dabei, die Angst vor dem Blanken Hans zu überwinden und macht einen Segelschein.«

»Schade«, entschlüpfte es Hagen. Er hatte seinen Klappstuhl so positioniert, dass er sowohl Gretje, die unschlüssig dastand, als auch Boie im Blick hatte. Verlegen hob er eine Hand. »Ich meine natürlich, dass es schade ist, dass Ihr Sohn jetzt nicht hier ist«, beeilte er sich klarzustellen.

Ruth ließ ein Foto von Fred Hofmann auf dem Display ihres Smartphones erscheinen und zeigte es dem Ehepaar. »Ist Ihnen dieser Mann schon einmal begegnet?«, fragte sie.

Einhelliges Kopfschütteln war die Antwort, nachdem das Paar einen flüchtigen Blick auf das Foto geworfen hatte, das aus Fred Hofmanns Polizeiakte stammte.

»Wer soll das denn sein?«, erkundigte sich Boie zurückhaltend.

»Das ist der Mann, der vorgestern tot am Löschkai aufgefunden wurde«, erläuterte Ruth.

»Warum glauben Sie, dass wir oder unser Junge diesen Burschen schon einmal über den Weg gelaufen sein sollten?«, erkundigte sich Gretje erbost und setzte sich widerstrebend auf einen freien Stuhl.

»Sind Sie sich wirklich sicher, diesen Mann nicht zu kennen?«, vergewisserte sich Ruth.

»Natürlich sind wir uns sicher!«, brauste Gretje jetzt auf. »Und Deddo kennt ihn garantiert auch nicht!«

Ruth steckte das Smartphone zurück in ihre Hosentasche. »Das wird er uns persönlich sagen müssen.«

»Er wird erst am späten Abend wieder daheim sein«, sagte Boie geduldig.

Ruth überlegte, wie sie nun verfahren sollte. Hagen hatte jedoch bereits eine Idee. Er zog das eingetütete zerknitterte Foto aus der Jackentasche, hielt es hoch und schwenkte es herum, sodass die Hansens nicht umhinkonnten, einen Blick darauf zu werfen. Wenn er eine Erläuterung hätte hinzufügen wollen, so blieb ihm diese angesichts der Reaktion des Paares im Halse stecken.

Gretje wurde blass um die Nase und ihre Pupillen weiteten sich merklich. Boie hingegen krallte die Hände wie unter einem Krampf in die Blätter seiner Tageszeitung.

»Sie haben diese Frau schon einmal gesehen«, erkannte Ruth leicht verwundert.

Gretje schüttelte abgehakt den Kopf, und als Boie den Mund auftat und nur ein Krächzen hervorbrachte, herrschte sie ihn an: »Du wirst nichts sagen – keinen einzigen Ton!«

»Ich möchte Ihnen dringend raten, uns aufzuklären«, sagte Ruth streng. »Wir ermitteln in einem Mordfall. Wenn Sie uns Informationen vorenthalten, machen Sie sich …«

»Was sollte diese Frau denn mit Ihrem Mordfall zu tun haben?«, fragte Gretje außer sich. »Sie ist schon lange nicht mehr am Leben!«

»Und woher wollen Sie das wissen?«, fragte Hagen, der das Foto noch immer in die Höhe hielt.

Gretje schluckte trocken. »Das … war nur so dahergeredet«, behauptete sie kurz angebunden.

Boie fasste sich an die linke Brust und atmete schwer. »Wir müssen es ihnen sagen, Gretje.«

»Schweig!«, fuhr seine Frau ihn mit schriller Stimme an. »Sie werden uns Deddo sonst wegnehmen!«

Boie schüttelte den Kopf. Schweißperlen bedeckten seine Stirn. »Ich kann nicht länger den Mund halten«, sagte er kurzatmig. »Nicht, nachdem dieses Foto aufgetaucht ist!«

Ruth betrachtete den Mann mit Sorge. Sein Zustand erinnerte sie an einen maroden Druckkessel, der kurz vorm Explodieren war. Was immer Gretje vor ihnen zu verheimlichen versuchte, setzte ihrem Mann so sehr zu, dass Ruth um seine Gesundheit fürchtete. »Erleichtern Sie Ihr Gewissen«, sagte sie eindringlich. »Es ist zu Ihrem Besten, glauben Sie mir!«

Die Hand aufs Herz gepresst, nickte Boie kurzatmig. »Sie ist es«, keuchte er übergangslos. »Das ist Deddos Mutter!«

Gretje schlug die Hände vors Gesicht und schluchzte. »Hör auf!«, flehte sie. »Hör bitte auf!«

»Als wir in jener Nacht auf diese in Seenot geratene Segelyacht trafen … Deddo, er war nicht allein an Bord.« Boie weitete mit einem Finger seinen Hemdkragen. »Die Positionslichter waren ausgeschaltet und die Segel flatterten wirkungslos im Wind. Der Kahn schaukelte wie Treibholz in den Wellen. Wir riefen rüber, aber niemand antwortete. Also gingen wir längsseits und kletterten an Bord, um nach dem Rechten zu sehen.«

Gretje riss die Hände vom Gesicht. »Sie war wie eine Furie!«, schrie sie. »Sie musste den Verstand verloren haben!«

»Diese Frau.« Boie zeigte mit zitternder Hand auf das Foto, das Hagen inzwischen hatte sinken lassen. »Sie hatte sich anscheinend versteckt und schoss plötzlich hervor, als wir uns an Bord der Yacht umsahen. Ich denke, sie hatte furchtbare Angst.«

»Sie war verrückt!«, beharrte Gretje.

»Offenbar glaubte sie, dass ihr Lebensgefährte uns geschickt hatte, um sie und ihr Kind zu ihm zurückzubringen«, sagte Boie.

Gretje warf die Arme empor. »Sie ging auf meinen Mann los und hätte ihn fast über Bord gestoßen!«

Boie nickte. »Sie hörte uns überhaupt nicht zu. Schrie nur immer ihre Anschuldigungen. Und sie griff mich an.« Boie senkte beschämt den Blick. »Bei dem Handgemenge stürzte sie über die Bordwand ins Meer.« Er sah auf. »Ich vermute, dass sie nicht schwimmen konnte. Die Wellen verschluckten sie einfach, und sie tauchte nicht mehr auf.«

»Boie, dieser Narr, ist trotz der unruhigen See und der schlechten Sicht ins Wasser gesprungen«, schimpfte Gretje. »Beinahe wäre er beim Versuch, diese Frau zu retten, selbst ertrunken!«

»Ich habe alles versucht«, bestätigte Boie mit tonloser Stimme. »Ich habe gerufen, bin getaucht und umhergeschwommen. Aber ich habe sie nicht finden können. Der Blanke Hans, er hat sie verschlungen und nicht wieder hergegeben.«

Einen Moment lang herrschte betretenes Schweigen.

»Hatte diese Frau einen Namen genannt?«, fragte Hagen. »Hat sie den Namen des Mannes genannt, der Sie angeblich geschickt haben sollte?«

Gretje schüttelte eifrig den Kopf, doch ihr Mann sagte: »Arnold Fleißer. Er hieß wohl Arnold Fleißer.«

Ruth war wie vor den Kopf gestoßen. Arnold Fleißer, so lautete der Name des Mannes, den Marie Ellenberg in ihrer Funktion als Profilerin zu entlarven half. Hagen, dem dieser Zusammenhang ebenfalls bewusst war, wurde sichtlich unruhig. Ruth atmete tief durch. »Was war denn nun mit dem Kind?«, hakte sie nach.

»Die Frau hatte ihren Jungen unten in der Kabine versteckt«, berichtete Gretje. »Der kleine Kerl schrie sich die Seele aus dem Leib, als hätte er gespürt, was seiner Mutter widerfahren war. Nur so habe ich ihn im Fach unter dem Bettkasten schließlich finden können.«

Hagen verschränkte die Arme. »Sie haben keine Ausweispapiere oder dergleichen an Bord der *Cherry* gefunden?«, fragte er skeptisch. »Keine Geburtsurkunde des Kindes, nichts?«

»Sie muss all diese Dokumente bei sich gehabt haben, als sie über Bord ging«, erwiderte Boie.

»Wir kennen den Namen der Mutter nicht – ehrlich!«, beteuerte Gretje.

»Der Name des Kindsvaters war Ihnen allerdings sehr wohl bekannt«, hielt Ruth dagegen. »Arnold Fleißer. Warum haben Sie diese Information nicht an die Polizei weitergegeben?«

»Weil Sie das Kleinkind für sich behalten wollten, womöglich?«, platzte Hagen aufgebracht dazwischen. »Sie können selbst keine

Kinder kriegen. Und nun war da plötzlich dieses kleine mutterlose Bürschchen …«

Ruth brachte ihren Partner mit strengem Blick zum Schweigen.

Gretje starrte ihre sich wie nervös gebärdenden Finger an, die auf ihrem Schoß ein Eigenleben entwickelt zu haben schienen. »Anfangs war es so, ja. Ich wollte diesen kleinen süßen Bengel nicht mehr hergeben.« Sie sah zu ihrem Mann hinüber. »Außerdem war da noch dieses Unglück. Wie hätten wir glaubhaft erklären sollen, was sich an Bord der Yacht abgespielt hatte?«

Boie stieß ein unfrohes Lachen aus. Es schien ihm bereits ein wenig besser zu gehen. »Als wir uns dann entschlossen, aufrichtig zu sein und alles zu erzählen, da machten wir eine ungeheuerliche Entdeckung. Dieser Arnold Fleißer … er sorgte in der Zeitung plötzlich für Schlagzeilen.«

»Er stand im Verdacht, mehrere Menschen ermordet zu haben, und war verhaftet worden«, erläuterte Gretje aufgebracht.

»Und so ließen wir die Sacher erst einmal auf sich beruhen.« Boie strich die Zeitung glatt. »Wir behielten unser Geheimnis für uns. Arnold Fleißer wurde schließlich der Prozess gemacht, und er wanderte für lebenslänglich in den Knast.«

»Und dort sitzt er noch heute, und wie ich hoffe, bis an sein Lebensende«, wetterte Gretje.

Hagen rutschte aufgebracht auf seinem Stuhl hin und her. »Und zum Lohn für Ihre Machenschaften erhielten Sie dann auch noch die Vormundschaft für den kleinen Deddo«, sagte er.

Gretje starrte Hagen durchdringend an. »Bei uns hatte er es gut.« Flehend sah sie die Hauptkommissarin an. »Bitte. Sie dürfen uns Deddo nicht wegnehmen!«

»Drüber zu entscheiden, obliegt mir nicht«, gab Ruth sachlich zurück. »Ihr Geständnis werden wir zu den Akten nehmen. Ein Richter wird dann entscheiden, wie in dieser Angelegenheit weiter verfahren wird.«

Feindselig sah Gretje ihren Mann an. »Siehst du. Wir hätten schweigen sollen!«, warf sie ihm verbittert vor.

Boie schüttelte ernst den Kopf. »Wir haben dieses Geheimnis lange genug mit uns herumgetragen.« Er erhob sich von seinem Deckchair. »Und Deddo muss nun ebenfalls die Wahrheit erfahren. Er ist volljährig und hat ein Recht …«

»Sein Vater ist ein verurteilter Mörder!«, rief Gretje. »Sollen wir ihm das etwa sagen? Dies, und dass wir seine Mutter nicht hatten vor dem Ertrinken bewahren können?«

»Ja«, sagte Boie entschlossen. »Genau das werden wir tun!«

Ruth erhob sich nun ebenfalls. »Eine Frage muss ich Ihnen noch stellen, ehe wir gehen«, sagte sie.

»Was denn nun noch?«, giftete Gretje, die mit ihren Nerven sichtlich am Ende war, während Boie einen eher abgeklärten Eindruck machte.

»Wo waren Sie vorgestern um Mitternacht?« Ruth sah die Eheleute nacheinander an.

Gretje blies die Backen auf. »Das ist ja wohl die Höhe …«

»Wir lagen im Bett und haben geschlafen«, beantwortete Boie die Frage. »Wir gehen meist um halb elf zu Bett und schlafen dann bis um sieben Uhr durch. Ein Rhythmus, den wir uns angeeignet haben, seit wir Rente beziehen.«

»Kann das jemand bezeugen?«, fragte Hagen plump.

Boie bedachte ihn daraufhin mit einem unfrohen Lächeln. »Wer soll das denn bitte bezeugen können? Deddo jedenfalls nicht. Er hat nämlich nicht die Angewohnheit, nachts bei uns reinzuschauen, wenn wir schlafen.«

Hagen rieb sich verlegen den Nacken. »Nein, natürlich nicht.«

Ruth ließ einen Moment verstreichen. Doch die Eheleute machten keine Anstalten, noch etwas hinzuzufügen. Also verabschiedete sie sich förmlich von ihnen. Hagen brummelte nur Unverständliches vor sich hin und stapfte dann hinter seiner Chefin her.

»Und nun?«, fragte er auf dem Weg zu ihrem Dienstwagen.

»Nun informieren wir uns ein bisschen genauer über Arnold Fleißer«, gab Ruth zurück. Sie richtete ihren Blick gen Himmel. Die Abenddämmerung hatte eingesetzt und wuchtige Wolkenbänke zogen träge ihre Bahn. »Es wird für uns heute bestimmt spät werden«, prognostizierte sie.

*

Im Büro angekommen, rief Ruth per PC die Strafakte von Arnold Fleißer auf. Hagen war mit seinem Sessel neben sie gerollt und wartete ungeduldig, bis seine Chefin endlich die erforderlichen Schritte durchgeführt hatte, die nötig waren, damit das Dokument auf dem Bildschirm angezeigt wurde. Eine Angelegenheit, die er wesentlich schneller zuwege gebracht hätte, wie er murmelnd anmerkte.

Aber Ruth ließ sich nicht aus der Ruhe bringen. »Der Prozess gegen Arnold Fleißer fand in Bremen statt«, las sie vom Monitor ab. »Und dort sitzt er auch ein.«

Hagen lehnte sich weit in seinen Bürosessel zurück. »Es ist nicht zu fassen, dass der Name Arnold Fleißer während unserer Ermittlungen aufgetaucht ist, jener mehrfache Mörder, den Frau Ellenberg als Profilerin damals zu überführen half.«

»Und der sie mit seiner abgründigen Psyche so sehr verstört und verängstigt hatte, dass sie nach diesem Fall aufhörte, für die Polizei zu arbeiten«, ergänzte Ruth.

»Verdammt«, entfuhr es Hagen. »Was hat das alles zu bedeuten?«

»Das werden wir jetzt herausfinden.« Ruth legte nachdenklich den Zeigefinger an die Lippen und spreizte ihn ein wenig ab, als sie zu reden anfing: »Fred Hofmann hat in Greetsiel wahrscheinlich nach Arnold Fleißers Lebensgefährtin und ihrem gemeinsamen Kind gesucht.«

»Zuletzt wohl nur noch nach dem Kind«, ergänzte Hagen und pochte mit dem Mittelfinger auf die Chronik. »In diesen Aufzeichnungen ist nur die Rede von einem allein zurückgelassenen Kleinkind. Was wirklich an Bord der *Cherry* geschah, konnte er nicht wissen. Aber er wird sich zusammengereimt haben, dass die Mutter wohl nicht mehr am Leben ist.«

Ruth legte den Daumen an ihre Lippen. »In dieser Chronik werden Gretje und Boie Hansen namentlich erwähnt, nicht wahr?«

»Ja. Es wird sogar festgehalten, dass sie den Jungen zuerst als Pflegekind bei sich aufnahmen und später dann adoptierten.«

»Und obwohl er dies in Erfahrung gebracht hatte, ist er mit dem Ehepaar nicht in Kontakt getreten?« Ruth spitzte die Lippen. »Haben uns die beiden am Ende belogen, als sie aussagten, Fred Hofmann noch nie begegnet zu sein? Oder hat Fred Hofman die Adoptiveltern übergangen und sich stattdessen heimlich mit Deddo getroffen?«

Hagen bewegte abwägend den Kopf. »Was, wenn Fred Hofmann gar nicht den Auftrag hatte, einen Kontakt herzustellen«, überlegte er laut. »Was, wenn er lediglich herausfinden sollte, was aus Arnold Fleißers Lebensgefährtin und dem Kind geworden ist?«

Ruth ließ die Hand sinken. »Sie gehen davon aus, dass Fred Hofmann in Arnold Fleißers Auftrag handelte?«

»Warum sonst sollte er sich für das Schicksal dieser Menschen interessieren?«, stellte Hagen eine Gegenfrage.

»Das ist ein guter Einwand. Bleibt nur die Frage zu klären, wie Arnold Fleißer Fred Hofmann diesen Auftrag erteilt haben könnte, und wie er darauf kam, die Gesuchten womöglich in Greetsiel zu finden.«

Hagen, der die Worte seiner Chefin als Aufforderung zum Handeln verstand, rollte mit seinem Sessel zu seinem Schreibtisch hinüber und griff zum Telefon. »Ich rufe in der Bremer Justizvollzugsanstalt an und erkundige mich, ob sich unsere beiden Männer eventuell mal eine Zelle geteilt haben«, erläuterte er.

Während Hagen an seinem Schreibtisch beschäftigt war, blätterte Ruth in Arnold Fleißers elektronischen Akte herum. Die war sehr umfangreich, denn sie enthielt zahlreiche Protokolle von Verhören und Befragungen. Fleißer war im Vorstand einer Bank tätig gewesen, erfuhr Ruth. Es gab auch einen Zusatz, in dem auf Maria Ellenbergs Mutmaßung über einen eventuellen Mittäter eingegangen wurde. Da für diese Annahme keine Anhaltspunkte gefunden wurden, wurde der Sache nicht weiter nachgegangen.

Beklommen überflog Ruth die Liste der Opfer, die durch Arnold Fleißers Hand ihr Leben verloren hatten. Es wurden sogar zwei Person aufgeführt, die Fleißer mutmaßlich getötet haben sollte, deren Fall während des Prozesses jedoch nicht verhandelt wurde, weil die Beweise fehlten.

»Uschi und Claas Tieck«, las Ruth die Namen der außen vorgelassenen Opfer murmelnd vom Bildschirm ab. Sie wechselte zu den betreffenden Einträgen und sog scharf Luft durch die Zähne ein, als sie die wenigen Zeilen las. Demnach handelte es sich bei Uschi Tieck um Fleißers Lebensgefährtin und bei Claas um ihr gemeinsames damals zwei Jahre altes Kind. Mutter und Kind galten inzwischen seit sechzehn Jahren als verschollen. Die Ermittler gingen davon aus, dass Fleißer sie umgebracht und ihre Leichen irgendwo verscharrt hatte. Zu diesen Anschuldigungen hatte Fleißer sich jedoch nie geäußert, sodass das Schicksal dieser beiden Personen ungeklärt blieb.

»Bis heute«, flüsterte Ruth mit belegter Stimme, denn sie war sich sicher, dass es Uschi und Claas Tieck gewesen waren, die sich in jener Nacht an Bord der *Cherry* aufgehalten hatten.

*

Hagens Gesicht wirkte ernst, während er das Telefon aus der Hand legte. Mit dem Sessel drehte er sich Ruth zu, die ihn erwartungsvoll ansah.

»Der Direktor des Gefängnisses war gerade im Begriff, Feierabend zu machen«, sagte er. »Ich konnte ihm mit meiner ostfriesischen Beharrlichkeit trotzdem ein paar interessante Details entlocken.«

»Die da wären?«

»Arnold Fleißer und Fred Hofmann haben tatsächlich eine Zeit lang in einer Zelle zusammengelebt – und zwar so lange, bis Hofmann seine Strafe abgesessen hatte.«

Ruth nickte, um diesen Punkt abzuhaken, der für sie nicht überraschend kam.

»Die beiden scheinen sich recht gut verstanden zu haben«, fuhr Hagen in seinem Bericht fort. »So gut, dass Hofmann während seiner neu gewonnenen Freiheit Fleißer sogar ein paar Postkarten ins Gefängnis schickte. Ansichtskarten, die in Greetsiel aufgegeben wurde, wie der Direktor meinte.«

Nun wurde Ruth von einer leichten inneren Unruhe ergriffen. »Ist der Text auf diesen Karten bekannt?«

»Fleißers ein- und ausgehende Post wird kontrolliert«, beantwortete Hagen die Frage mit einer Feststellung. »Hofmanns Grußbotschaften waren offenbar unverfänglich und die Postkarten wurden zugestellt. Er schwärmte von Greetsiel, wie gut es ihm im Fischerdorf gefiel, und wie bewegend die Geschichte dieses Ortes wäre.«

»Das könnte ein versteckter Hinweis gewesen sein, dass Hofmann mit seinen Nachforschungen gut vorankommt«, überlegte Ruth.

Hagen nickte beipflichtend. »Einmal bedankte sich Hofmann für das Foto, das Fleißer ihm zur Entlassung geschenkt hatte. Er berichtete, dass er die kleinere der darauf abgelichteten Sehenswürdigkeiten gefunden hätte. Er schrieb, diese hätte sich in den Jahren ziemlich verändert, dass er aber trotzdem sicher sei, dass sie mit der Sehenswürdigkeit auf dem Foto identisch wäre. Die zweite Sehenswürdigkeit existiere inzwischen allerdings nicht mehr.«

Ruth war wie elektrisiert. »Ich esse eine Handvoll Gammel, wenn das keine Anspielung auf Deddo Hansen und seine leibliche Mutter gewesen ist!«

Hagen lächelte mit einem Mundwinkel. »Das hätte ich gerne gesehen.« Er winkte ab. »Ich teile Ihre Einschätzung: Hofmann hat Fleißer mit diesen Zeilen durch die Blume zu verstehen gegeben, dass er seinen Sohn gefunden hatte, seine Lebensgefährtin jedoch unauffindbar war.«

Ruth starrte grübelnd vor sich hin. »Was fängt Arnold Fleißer nun mit dieser Information an?«, fragte sie und erzählte Hagen anschließend von Uschi und Claas Tieck, der Lebensgefährtin des verurteilten Mörders und ihrem gemeinsamen Kind. »Man glaubte, dass Fleißer die beiden ermordet hätte, aber wir wissen nun, dass dies nicht zutrifft.«

»Uschi Tieck hieß die Frau also«, sinnierte Hagen. »Bestimmt hatte sie in Bremen diese Yacht gestohlen, um mit ihrem Sohn von Arnold Fleißer wegzukommen.« Er blies die Wangen auf. »Sie hatte befürchtet, dass ihr Lebensgefährte ihr zwei Fischer auf den Hals gehetzt hätte, um sie einzufangen. Sie muss eine Heidenangst vor Arnold Fleißer gehabt haben.«

»Womöglich hatte sie herausgefunden, welche Verbrechen er begangen hatte, und bangte um ihr eigenes Leben und das ihres Sohnes«, mutmaßte Ruth.

Hagen legte die Hände auf seine Knie. »Bestimmt war Uschis Angst berechtigt.« Er schüttelte den Kopf. »Doch warum musste Fred Hofmann denn nun sterben, und wer hat ihn ermordet?«

»Ich denke, dass seine Suche nach Uschi und Claas Tieck damit zusammenhängt.«

»Nehmen Sie eine Handvoll Gammel zu sich, wenn es sich anders verhält?«, fragte Hagen spitzbübisch.

»Alle Personen, die mit Deddos Schicksal unmittelbar verbunden sind, kommen meines Erachtens als Täter in Betracht«, überging Ruth die Scherzfrage.

»Also die Hansens und Deddo selbst«, zählte Hagen auf. »Und eventuell auch Clara Soßt.«

Ruth nickte zögernd.

»Und die Psychologin Marie Ellenberg. Was ist mit der?«

»Was für ein Motiv hätte sie für diesen Mord Ihrer Meinung nach denn gehabt?«, erkundigte sich Ruth.

Hagen zuckte unschlüssig mit den Schultern. »Sie wollte verhindern, dass Arnold Fleißer erfährt, wo sein Sohn lebt?« Er wiegte skeptisch den Kopf. »Aber das hatte Fred Hofmann Fleißer per Postkarte ja bereits mitgeteilt.«

»Womöglich war ihr das nicht bekannt«, gab Ruth zu bedenken.

»Wie hätte Marie Ellenberg denn überhaupt wissen können, dass Arnold Fleißer Deddos leiblicher Vater ist?«, war Hagen von seiner eigenen Mutmaßung nun plötzlich nicht mehr überzeugt. »Wir haben es durch mühsame Recherche soeben erst herausgefunden. Und Gretje und Boie Hansen werden der Psychologin bestimmt nicht gebeichtet haben, was an Bord der Segelyacht wirklich vorgefallen war.«

»Was nachzuprüfen wäre.« Ruth zog angestrengt die Augenbrauen zusammen. »Fred Hofmann hat Marie Ellenberg in Hamburg nachweislich angerufen. Er könnte ihr erzählt haben, was er herausgefunden hatte.«

Hagen spitzte die Lippen. »Dass er sie, wie von ihr behauptet, nur angerufen hatte, um einen Termin für eine Gesprächstherapiestunde auszumachen, kann ich mir inzwischen jedenfalls nur schwer vorstellen.«

»Es ist noch eine weitere Variante denkbar«, führte Ruth aus. »Sollte Fred Hofmann heimlich mit Deddo in Kontakt getreten sein und ihm von seinem leiblichen Vater erzählt haben, könnte Deddo Marie Ellenberg anschließend in Hamburg angerufen haben, um ihr von dieser Zusammenkunft zu erzählen.«

Hagen strich sich seitlich über den Hals. »Der Möglichkeiten sind viele«, sagte er ein wenig überfordert.

»Wir lassen das alles erst einmal sacken«, sagte Ruth daraufhin. »Morgen sehen wir dann weiter.«

»Deddo sollten wir aber schon noch fragen, ob Rainer Engel aka Fred Hofmann ihn womöglich kontaktiert hatte«, insistierte Hagen.

Ruth überlegte kurz. Eigentlich hatte sie vorgehabt, noch beim Hafen vorbeizuschauen. Felix war am Mittag mit seinem Streifenboot in den Greetsieler Hafen eingelaufen, um seine Polizeitaucherin nach der Tatwaffe und anderen Beweismitteln suchen zu lassen. Sie wollte sich dort nach der Lage erkundigen und dabei natürlich auch Felix treffen.

»Ich könnte die Befragung übernehmen«, schlug Hagen vor, als ahnte er, was seiner Chefin durch den Kopf ging. »Wenn Deddo noch nicht zu Hause eingetroffen ist, warte ich im Wagen so lange, bis er auftaucht. Später werde ich Ihnen dann berichten.«

Ruth nickte nach kurzem Zögern. »Einverstanden«, sagte sie. »Aber gehen Sie bedachtsam vor.«

»Klar.« Hagen lächelte gewinnend. »Inzwischen habe ich den Bogen ganz gut raus, meinen ostfriesischen Charme während der Befragungen gewinnbringend einzusetzen, finden Sie nicht auch?«

Diese Selbsteinschätzung ließ Ruth rücksichtsvoll unkommentiert.

Kapitel 6

Die *Radbod*, benannt nach dem König der Friesen, war ein schnittiges Motorboot mit polizeiblauem Rumpf und blütenweißen Aufbauten. Das Steuerhaus war rundum mit Fenstern ausgestattet und am Heck befand sich ein motorisiertes Schlauchboot, das mithilfe eines Krans zu Wasser gelassen werden konnte. Felix hatte das Boot der Wasserschutzpolizei am Löschkai festmachen lassen. Als Ruth beim Anleger eintraf, unterhielt sich Felix gerade mit seiner Taucherin. In seiner schmucken Kapitänsuniform bot er einen stattlichen Anblick. Außerdem überragte er Nina Bercher in ihrer Neoprenmontur fast um Haupteslänge.

Felix richtete ein paar abschließende Worte an seine Untergebene, woraufhin diese einen militärischen Gruß andeutete und sich abwandte. Während Nina Bercher über den Laufsteg zur *Radbod* hinüberwechselte, winkte sie Ruth freundlich zu.

»Die Suche ist bisher leider ergebnislos verlaufen«, berichtete Felix der Hauptkommissarin, nachdem er sie mit einem warmherzigen Lächeln begrüßt hatte. Wenn er im Dienst war, verhielt er sich Ruth gegenüber stets reserviert. Das Berufsleben von seinem Privatleben zu trennen war ihm genauso wichtig wie Ruth, die es als unprofessionell angesehen hätte, während der Arbeitszeit mit Felix Zärtlichkeiten auszutauschen.

»Wie hoch schätzt du die Chance ein, dass die Tatwaffe, das Handy oder das Portemonnaie des Mordopfers gefunden werden?«, erkundigte sie sich.

»Der Bereich vor dem Löschkai wurde bereits gründlich abgesucht«, erwiderte Felix. »Jetzt ist es zu dunkel, um die Tauchgänge fortzuführen. Aber morgen wird Nina die Anlegestellen der Krabbenkutter absuchen. In den frühen Morgenstunden laufen die meisten Boote zur Fangfahrt aus, dann ist genug Platz, um den Grund ungestört abzusuchen.« Er hob eine Schulter. »Wenn der Täter die Waffe und die Habseligkeiten seines Opfers ins Hafenbecken geworfen hat, werden wir sie finden.«

Ruth seufzte. Die Vielzahl der infrage kommenden Möglichkeiten stellte sich ihr wie ein unentwirrbarer Wust aus Fakten und Hinweisen dar. Sie sah noch keinen klaren Pfad vor sich, der sie zum Mörder führen könnte.

»Ihr kommt nicht recht voran?«, erkundigte sich Felix mitfühlend.

Noch während Ruth überlegte, was sie darauf antworten sollte, erblickte sie auf der gegenüberliegenden Seite des Hafens plötzlich eine schlaksige Gestalt auf einem Fahrrad. Ruth erkannte sofort, dass es sich um Deddo Hansen handelte. Er radelte vom Yachthafen kommend auf dem Deich entlang und war wahrscheinlich gerade auf dem Heimweg. Er würde in Kürze die alte Brücke, die die Einmündung des Neuen Greetsieler Außentiefs überspannte, passieren. Genau dort wollte Ruth ihn abfangen, um mit ihm zu sprechen.

»Entschuldige mich bitte!«, rief sie Felix zu und sprintete los. An den Fischbuden und Krabbenkuttern vorbei rannte sie so schnell sie konnte auf die Rampe zu, die zur Straße hinaufführte. Die wenigen Touristen, die in der Abenddämmerung den Kai entlangschlenderten, bedachten die hastende Frau mit interessierten Blicken. »Deddo, warte!«, rief Ruth dem Jungen auf dem Fahrrad zu, der die Brücke gerade hinter sich gelassen hatte. »Ich muss mit dir reden!«

Deddo drehte ihr den Kopf zu, und als er erkannte, wer ihn gerufen hatte, bremste er zögernd. »Hauptkommissarin Fasan«, sagte er verwundert, während Ruth die letzten Meter die Rampe hinauf zurücklegte. »Absolvieren Sie gerade Ihr Abendsportprogramm?«

»Könnte man so sagen.« Schwer atmend blieb Ruth neben Deddo stehen, der auf dem Sattel saß und die Füße auf den Boden gestellt hatte. Sie holte ihr Handy hervor und zeigte dem Jungen das Foto von Fred Hofmann. »Ist dir dieser Mann schon einmal begegnet?« Absichtlich blieb sie beim Du und ließ Deddo dabei nicht aus den Augen.

Der sah das Foto konzentriert an, schüttelte dann aber den Kopf. »Nie gesehen«, sagte er lapidar.

»Bist du dir ganz sicher?«, bohrte Ruth nach. »Es ist immens wichtig, dass du mir die Wahrheit sagst!«

»Es ist so, wie ich Ihnen gesagt habe: Ich kenne diesen Mann nicht!« Deddo setzte eine fragende Miene auf. »Wer ist das überhaupt? Der Ermordete etwa?«

»Gut kombiniert«, lobte Ruth und verstaute das Handy in ihre Hosentasche.

»Warum haben Sie geglaubt, ich wäre diesem Mann schon einmal begegnet?«, erkundigte sich Deddo mit verhaltenem Interesse.

»Das kann ich dir im Moment nicht sagen.« Ruth mochte sich nicht anmaßen, dem Gespräch vorzugreifen, das Gretje und Boie Hansen mit ihrem Adoptivsohn demnächst führen wollten, um ihm die Wahrheit über jene Nacht zu erzählen, in der sie ihn gefunden hatten. »Kommst du gerade vom Segelunterricht?«, fragte sie stattdessen.

Deddo nickte, wirkte dabei jedoch nicht gerade begeistert. Der Segelunterricht schien für ihn mehr eine Art Zwangsveranstaltung, denn eine Herzensangelegenheit zu sein. »Herr Forker ist sehr geduldig mit mir«, sagte er gefasst.

»Der Yachthafenmeister erteilt dir Segelunterricht?«, hakte Ruth nach.

Deddo lächelte verzagt. »Ich mache meine Sache wohl ganz gut, behaupet er.«

»Du magst das Meer nicht besonders, nicht wahr?«, merkte Ruth an.

»Die Nordsee ist unheimlich und unberechenbar.« Deddo lächelte verzagt. »Ich weiß nicht, ob der Blanke Hans und ich eines Tages je Freunde werden können. Aber ich gebe mein Bestes.«

»Schwimmen kannst du doch wohl, oder?«

»Klar. Boie hat es mir beigebracht, als ich drei war. Und er besteht auch darauf, dass ich meine Angst vor dem Meer überwinde. Frau Ellenberg hält das auch für wichtig.« Deddo zuckte mit den Schultern. »In einer Woche bin ich so weit, die Prüfung für den Segelschein abzulegen. Dann könnte ich theoretisch auch allein mit meiner Segelyacht aufs Meer hinausfahren.«

»Du besitzt ein eigenes Boot?«, staunte Ruth.

»Ich bekam es zu meinem achtzehnten Geburtstag geschenkt.« Deddo verzog säuerlich den Mund. »Über ein Auto hätte ich mich allerdings mehr gefreut.«

»Hast du denn schon einen Führerschein?«

»Der ist auch gerade in der Mache«, erwiderte Deddo, wobei ihm diesmal anzumerken war, wie stolz er darauf war. Er setzte einen Fuß auf die Pedale. »Ich muss jetzt weiter«, sagte er. »Gretje wartet mit dem Abendbrot auf mich.« Er nickte Ruth freundlich zu und fuhr los.

Die Hauptkommissarin wartete, bis Deddo in die Sielstraße abgebogen war. Anschließend holte sie ihr Handy hervor und wählte Hagens Smartphone an.

»Ich habe Deddo zufällig am Hafen getroffen«, berichtete sie ihrem Partner. »Er gibt an, Fred Hofmann noch nie gesehen zu haben.«

»Dann brauche ich ja jetzt nicht länger im Dienstwagen vor seinem Haus herumzulungern«, sagte Hagen leicht zerknirscht. Er hatte sich auf die Befragung offenbar gefreut und war jetzt enttäuscht.

»Wenn Sie noch Zeit erübrigen können, kommen Sie zu mir in den Yachthafen«, versuchte Ruth ihn aufzumuntern.

»Was wollen Sie denn da?«, zeigte sich Hagen sogleich interessiert.

»Wie ich gerade herausgefunden habe, besitzt Deddo eine eigene Segelyacht«, berichtete Ruth. »Bernd Forker, der Yachthafenmeister, erteilt dem Jungen Segelunterricht. Und das lässt den Einbruch in sein Büro in einem anderen Licht erscheinen. Bisher konnten wir uns keinen rechten Reim darauf machen, was Fred Hofmann dort gesucht haben mochte. Jetzt kennen wir den Grund womöglich und sollten da noch einmal nachsetzen.«

»Sie meinen, es ging ihm um Deddos Segelyacht oder seinen Segelschein?«

»Das sind zumindest die Verbindungen zu unserem Mordfall.«

»Ich bin sofort bei Ihnen«, sagte Hagen, während im Hintergrund das Starten eines Motors zu hören war. »Warten Sie bitte auf mich, bevor Sie Herrn Forker in die Mangel nehmen.«

»Ich habe gar nicht vor, ihn in die Mangel …« Ruth brach ab, als sie bemerkte, dass Hagen das Gespräch beendet hatte. Kopfschüttelnd machte sie sich auf den Weg in den Yachthafen. Während sie die Brücke überquerte, rief sie Felix an, um ihm mitzuteilen, dass sie noch zu arbeiten hätte.

*

Bernd Forker wandte sich von der Tür des Bürohäuschens ab, als er das Auto hörte, das die provisorische Deichpiste heruntergefahren kam. Das Scheinwerferlicht streifte ihn. Er furchte die Stirn seines wettergegerbten Gesichts und verfolgte abwartend, wie der dunkle BMW auf ihn zu rollte. Als er erkannte, dass Kommissar Hagen Reese am Steuer saß, spannte sich seine Miene noch ein bisschen mehr an. Dann hob er verstört eine Augenbraue, denn Hauptkommissarin Ruth Fasan kam auf dem Uferweg nun ebenfalls auf ihn und das Häuschen zu.

»Was is denn nu los?«, rief er, während Hagen zur gleichen Zeit das Fahrzeug verließ, als Ruth an ihn herantrat. »Ist das etwa ein

Überfallkommando der Polizei?« Er hob die Arme, als wollte er sich ergeben. »Ich wollt gerad Feierabend machen und absperren.«

»Schön, dass wir Sie noch antreffen«, sagte Ruth höflich. »Wir möchten uns mit Ihnen nur ein wenig unterhalten.«

»Es geht um den Einbruch«, konkretisierte Hagen und spielte beim Näherkommen lässig mit dem Autoschlüssel.

»Dass die gestohlene Geldkassette gefunden wurde, darüber haben Sie mich ja schon informiert«, sagte der Yachthafenmeister. »Was sollte es denn sonst noch geben?«

»Wir haben Grund zu der Annahme, dass es der Dieb nicht allein auf das Bargeld abgesehen hatte«, erläuterte Hagen.

»Was anderes gibt es für einen Ganoven in meinem Büro doch gar nicht zu holen«, erwiderte Bernd Forker.

»Es gibt Informationen über die Boote im Yachthafen bei Ihnen zu erbeuten«, hielt Ruth dagegen.

»Was sollte ein Langfinger damit denn anfangen wollen?«

»Der Mann, der in Ihr Büro eingebrochen ist, ist ermordet worden«, sagte Hagen.

»Oha!«, entfuhr es dem Hafenmeister. »Die Leiche im Beifang … das ist der Bursche, der mein Büro verwüstet hatte?« Er schüttelte sich. »Wegen den paar Euro in der Geldkassette wird er bestimmt nicht umgebracht worden sein.«

»Es ist denkbar, dass die Unterlagen in Ihrem Büro damit im Zusammenhang stehen«, gab Hagen zurück.

»Die sind aber im Grunde nichts wert«, erwiderte Bernd.

»Wie ich hörte, besitzt Deddo Hansen seit jüngster Zeit eine Segelyacht«, sagte Ruth unverfänglich. »Gibt es darüber in Ihrem Büro irgendwelche Papiere?«

»Selbstverständlich gibt es die.« Bernd kratzte über sein unrasiertes Kinn.

»Zeigen Sie uns die bitte«, forderte Hagen den Mann auf.

»Da gibt es nix Besonderes zu sehen.« Widerstrebend schloss Bernd die Tür auf, betrat die Hütte und schaltete das Licht an. »Die Formulare, um die es hier geht, hatte der Dieb übrigens mit anderen Unterlagen auf meinen Schreibtisch ausgebreitet.«

Hagen bewegte unwirsch die Hand. »Und das sagen Sie uns erst jetzt?«

»Ich wusste ja nicht, dass das wichtig ist«, rechtfertigte sich der Yachthafenmeister und zog eine Schublade auf. Nachdem er kurz darin herumgesucht hatte, fischte er einen Stoß aus zusammengehefteten Zetteln daraus hervor. »Der Anmeldebogen für den Liegeplatz für Deddos Yacht«, erläuterte er und legte die Dokumente auf den Tisch. »Darin sind alle Daten des Bootes erfasst.«

Ruth warf einen Blick auf die Papiere. »Deddos Boot heißt *Hänschen*?«, wunderte sie sich.

»Eine Verniedlichung des Blanken Hans«, erläuterte Bernd. »Boie hat das Boot so benannt, weil er hoffte, das Deddo dadurch ein wenig die Angst vor der Nordsee genommen wird.«

Hagen fotografierte die Seiten mit dem Smartphone ab. »Eigentlich ist es üblich, Schiffen einen weiblichen Namen zu geben«, merkte er an, während er den Auslöser drückte. »Diese Tradition beruht auf dem Glauben, dass eine weibliche Figur ein Schiff und seine Mannschaft beschützt, wie eine Mutter ihr Kind.«

»Tja. Deddo ist eben ein spezieller Fall«, erwiderte Bernd.

»Wie macht er sich denn so?«, erkundigte sich Ruth. »Sie bereiten ihn ja auf die Prüfung für den Segelschein vor, nicht wahr?«

Bernd hob kurz eine Schulter. »Deddo ist intelligent und hätte sogar das Zeug für ein Kapitänspatent.« Er verzog bedauernd das Gesicht. »Aber ich fürchte, er macht sich nicht viel aus der Seefahrt.«

»Er hat noch immer Angst vor dem Meer?«

Bernd winkte ab. »Ich denke, die hat er inzwischen überwunden. Dennoch macht es ihm nur wenig Freude, aufs Meer hinauszufahren, was schade ist. Trotzdem wird er es eines Tages weit bringen, da bin ich mir sicher. Deddo ist etwas ganz Besonderes.« Hagens Tun schien ihn ein wenig zu irritieren. »Warum interessieren Sie sich denn ausgerechnet für Deddo und sein *Hänschen*?«

»Wo waren Sie eigentlich vor zwei Tagen so um Mitternacht herum?«, stellte Hagen eine Gegenfrage.

Bernd zog den Kopf leicht zurück. »Da lag ich im Bett höchstwahrscheinlich.« Er nickte, als würde er sich erinnern. »Ja. Da habe ich geschlafen.«

»Allein?«

Bernd sah Hagen entrüstet an. »Eigentlich geht Sie das ja nichts an. Meine Frau und ich, wir schlafen getrennt. Angeblich schnarche ich zu laut.« Er furchte verstimmt die Stirn. »Sind Sie hier jetzt fertig? Ich möchte gerne zu meiner Frau, wissen Sie!«

Hagen schob ihm die Papiere über den Tisch zu. »Ich habe alles erfasst.«

»Danke, dass Sie sich Zeit für uns genommen haben«, sagte Ruth. »Mehr wollten wir von Ihnen auch gar nicht.«

»Da bin ich aber beruhigt.«

Bernd ließ den Kriminalisten den Vortritt und verließ nach ihnen die Hütte. Mürrisch schloss er ab, hob einmal grüßend die Hand und ging seiner Wege. Die Abenddämmerung umfing ihn und verwandelte seinen kompakten Körper in einen grauen Schemen, der mit dem Deich und den Friesenhäusern zu verschmelzen begann.

»Sie halten Bernd Forker für verdächtig?«, fragte Ruth ihren Partner.

»Warum nicht?«, entgegnete dieser lapidar. »Sagten Sie nicht kürzlich, dass Sie es als ziemlich wahrscheinlich erachten, dass Fred Hofmanns Suche nach Uschi und Claas Tieck mit seiner Ermordung zusammenhängt, und dass Sie eine Handvoll Gammel essen würden, wenn dies nicht der Fall wäre?« Er breitete die Arme aus. »Ich tue alles, um Ihnen diesen zweifelhaften kulinarischen Genuss zu ersparen.«

»Indem Sie Bernd Forker mit dem Mord an Fred Hofmann in Zusammenhang bringen?«

»Vielleicht hat er ihn umgebracht, weil er in den Dokumenten über Deddos Segelyacht auf etwas gestoßen ist, was er nicht wissen durfte«, spekulierte Hagen.

»Und woher hätte Herr Forker wissen sollen, dass es Fred Hofmann oder vielmehr Rainer Engel gewesen war, der in sein Büro eingebrochen ist?«

»Möglicherweise gibt es eine Überwachungskamera, von der er uns nichts erzählt hat, und die den Einbruch gefilmt hat.« Hagen fuchtelte mit den Armen. »Wir dürfen nichts außer Acht lassen.«

»Was wir brauchen, sind Beweise.«

»Die werden sich schon noch finden lassen«, war Hagen überzeugt.

Ruth lächelte milde. »Was wir jetzt noch viel dringender benötigen, ist eine Pause«, beschied sie. »Und die verordne ich uns jetzt. Morgen früh …«

»Ich habe die Hansens übrigens vorhin noch gefragt, ob sie Marie Ellenberg von den wahren Vorkommnissen auf der Segelyacht erzählt haben«, unterbrach Hagen sie. »Die haben mich nur entsetzt angeschaut und gemeint, dass sie nie so leichtsinnig gewesen wären, sich der Psychologin anzuvertrauen, aus Angst, dass Deddo ihnen dann weggenommen würde.«

Ruth nickte beifällig. »Gut, dass Sie daran gedacht haben. Und jetzt ist für heute endgültig Schluss mit Arbeit!«

Ruth wünschte Hagen eine gute Nacht und machte sich auf den Weg zum gegenüberliegenden Ufer des Hafens, wo die jetzt erleuchtete *Radbod* am Löschkai festgemacht lag. Sie wollte noch ein bisschen mit Felix plaudern und seine wohltuende Nähe genießen, ehe sie sich in ihr Deichhaus begeben würde, um sich im Bett liegend den aktuellen Fall so lange durch den Kopf gehen zu lassen, bis sie eingeschlafen war.

Kapitel 7

Es wunderte Ruth nicht, ihren Partner bereits in Arbeit vertieft vorzufinden, als sie am anderen Morgen das Büro aufsuchte.

»Sie werden nicht glauben, was ich herausgefunden habe!«, rief Hagen ihr aufgeregt zu. »Die *Hänschen* – Deddos Segelyacht – ihr Vorbesitzer hatte ihr den Namen *Cherry* gegeben!«

Ruth blieb auf dem Weg zu ihrem Schreibtisch wie angewurzelt stehen. »Ist das etwa die *Cherry*, die die Hansens damals auf dem Meer treibend entdeckt hatten?«

Hagen nickte. »Ich habe im Polizeiarchiv und dem Bootsregister nachgeforscht und bin prompt fündig geworden. Boie Hansen hat seinem Adoptivsohn zum achtzehnten Geburtstag tatsächlich dieselbe Yacht geschenkt, mit der Uschi Tieck mit ihrem Sohn vor Arnold Fleißer fliehen wollte. Es ist ausgeschlossen, dass Boie dies nicht wusste. Er hat diese Yacht absichtlich ausgewählt.«

»Das ist …« Ruth fehlten die Worte.

»Ausgesprochen seltsam«, vervollständigte Hagen den Satz. »Frau Ellenberg würde als Triebfeder hinter diesem Tun wahrscheinlich ein extrem schlechtes Gewissen vermuten. Mit diesem Geschenk an seinen Adoptivsohn brachte Boie womöglich sein Verlangen zum Ausdruck, ihm endlich die Wahrheit über das Geschehen an Bord dieser Yacht mitzuteilen.«

Ruth konnte sich ein Lächeln nicht verkneifen. »Das klingt gar nicht so unglaubwürdig.«

Hagen verzog das Gesicht. »Danke«, sagte er säuerlich.

Ruth legte überlegend einen Zeigefinger an die Nasenspitze. »Warum hatte Uschi Tieck befürchtet, ihr Lebensgefährte könnte sie während ihrer Flucht mit der *Cherry* aufspüren? Sie war überzeugt gewesen, dass Arnold Fleißer Boie und Gretje Hansen geschickt hatte, um sie und ihren Sohn zu ihm zurückzubringen.«

»Was aber definitiv nicht der Fall war, oder?«

Ruth warf Hagen einen ernsten Blick zu. »Ich denke, wir können davon ausgehen, dass sie nicht in Arnold Fleißers Auftrag handelten. Ich halte es für ziemlich unwahrscheinlich, dass es sich anders verhalten könnte. Sie hätten uns von Uschis Verdacht kaum erzählt, wenn sie entsprechend involviert gewesen wären.«

Hagen nickte einsichtig. »Also weiter im Text: Uschi Tieck war sich ihrer Sache so sicher, dass sie Boie sogar angriff, als er gemeinsam mit seiner Frau an Bord der Yacht kam.«

»Die Frage ist: Wie kam Uschi darauf, dass Arnold davon Wind bekommen haben könnte, dass sie mit dieser gestohlenen Yacht auf dem Wattenmeer unterwegs war?« Ruth deutete mit fliegenden Fingern auf Hagens Monitor. »Was ist über den Vorbesitzer dieser Yacht bekannt?«

Hagen sah daraufhin im Polizeiregister nach. »Sie gehörte einem gewissen Martin Simmler«, sagte er gedehnt.

»Gibt es womöglich eine Verbindung zwischen Herrn Simmler und dem Mörder Arnold Fleißer?«

Hagen sah zuerst im Polizeiregister nach. Dort gab es jedoch keinen Eintrag unter dem Namen Martin Simmler. Also gab er den Namen in die Suchfunktion des Internet-Browsers ein. Unter »Martin Simmler« gab es etliche Einträge von unterschiedlichen Personen, die denselben Namen trugen.

Ruth trat hinter ihren Partner und legte ihm kurz eine Hand auf die Schulter. »Da muss es etwas geben«, war sie überzeugt.

»Hier!«, rief Hagen nach einer Weile. Verdattert schüttelte er den Kopf und deutete auf den Bildschirm. »Dieser Martin Simmler lebt in Bremen.«

Ruth furchte die Stirn. »Er ist für denselben Bankvorstand tätig, für den auch Arnold Fleißer gearbeitet hatte.«

Hagen rief den Facebook-Account des Mannes auf und stieß prompt auf Fotos, die Martin Simmler auf seiner Segelyacht *Cherry* zeigten. Er war ein braun gebrannter, in die Jahre gekommener Lebemann, der sich gerne mit Sonnenbrille, legerer Segelkleidung und einer schönen Frau an seiner Seite ablichten ließ.

Zwanzig Minuten lang durchforsteten sie die Facebook-Einträge. Arnold Fleißer kam darin allerdings nicht vor.

»Warum dieser Mann seine Yacht wohl verkaufen wollte?«, fragte Hagen. »Er scheint sein Boot gemocht zu haben.« Er drehte den Kopf und sah zu Ruth auf. »Und wie kam es, dass ausgerechnet Boie Hansen die *Cherry* erwarb?«

»Eine gute Frage, die Boie Hansen uns jetzt beantworten wird!« Ruth schnappte sich das Telefon auf Hagens Schreibtisch und gab die Nummer der Hansens ein. Der Lautsprecher war hinzugeschaltet, und so konnte Hagen mithören, als Boie sich am anderen Ende der Verbindung meldete.

Ruth hielt sich nicht lange mit einer Vorrede auf. »Wir müssen wissen, wie es dazu kam, dass Sie die *Cherry* gekauft haben, Herr Hansen.«

Boie zögerte mit der Antwort. »Was Sie so alles ans Tageslicht bringen«, wunderte er sich.

»Beantworten Sie bitte meine Frage«, drängte Ruth.

»Ich … habe den Herrn persönlich darauf angesprochen«, sagte Boie zurückhaltend. »Diese schicksalsträchtige Yacht … sie schien mir das ideale Geschenk für Deddo. Wer der Besitzer war, war mir aufgrund der Vorkommnisse vor sechzehn Jahren ja bekannt.«

»War die *Cherry* denn zum Verkauf angeboten worden?«, hakte Ruth nach.

»Nein. Diese Sache ging auf meine Initiative zurück. Zuerst wollte Herr Simmler das Boot auch nicht verkaufen. Ich konnte ihn aber schließlich überreden, es dennoch zu tun.« Boie lachte kurz auf. »Ostfriesen können ziemlich störrisch sein, wenn sie sich mal etwas in den Kopf gesetzt haben.«

»Weiß Deddo, was es mit diesem Geburtstagsgeschenk auf sich hat?«, warf Hagen eine Frage ein.

»Er hat es erst heute Morgen erfahren«, antwortete Boie. »Als wir ihm erzählten, was sich damals wirklich an Bord der *Cherry* zugetragen hatte.«

»Sie haben diesen Schritt also tatsächlich unternommen?« Ruth nickte anerkennend, »Das war sehr mutig von Ihnen und Ihrer Frau.«

Boie seufzte. »Gretje bereut, dass wir es getan haben. Deddo hat diese Sache ziemlich verstört, müssen Sie wissen. Als wir ihm alles erzählt hatten, wirkte er regelrecht geschockt. Dann stand er wortlos auf und ist aus dem Haus gerannt.«

»Er wird sich wieder einkriegen«, versicherte Hagen.

»Das hoffe ich sehr.«

Ruth hatte vorerst genug gehört und wollte sich den aktuellen Nachforschungen widmen. Sie verabschiedete sich und legte auf.

»Ich glaube, wir sind auf etwas Bedeutendes gestoßen«, sagte sie. »Martin Simmler ist eine Schlüsselfigur, da bin ich mir sicher.«

»Inwiefern?«, fragte Hagen, der seiner Chefin nicht recht folgen konnte. »Bis auf die Tatsache, dass er und Arnold Fleißer im selben

Vorstand saßen, sind keine Verbindungen zwischen ihnen zu erkennen.«

»Und dennoch muss es sie geben«, beharrte Ruth.

Hagen verzog zweifelnd die Stirn.

»Uschi hatte große Angst gehabt, als Boie und Gretje an Bord der *Cherry* kamen. Sie muss befürchtet haben, dass Martin Simmler ihrem Lebensgefährten davon berichtet hatte, dass sie mit seiner Yacht auf und davon war. Eine andere Erklärung für ihre Furcht kann ich nicht sehen.«

Hagen begann es zu dämmern, worauf seine Chefin hinauswollte. »Anscheinend nehmen Sie an, bei Martin Simmler könnte es sich um Arnold Fleißers Mordkomplizen handeln.«

Ruth verschränkte die Arme. »Dass von der Polizei keine verdächtige Verbindung zwischen diesen Männern festgestellt werden konnte, liegt womöglich daran, weil sie extrem umsichtig vorgegangen waren. Und als es für Arnold Fleißer aufgrund der polizeilichen Ermittlungen immer enger wurde, brachen sie den Kontakt zueinander schließlich gänzlich ab.«

»Darum meldete Simmler seine Yacht auch als gestohlen, um mit Uschi und Claas nicht in Verbindung gebracht zu werden«, spann Hagen Ruths Faden weiter. »Mit keinem Wort ließ er durchblicken, er könnte diejenigen kennen, die in jener schicksalhaften Nacht an Bord seiner Yacht gewesen waren. Wäre das bekannt geworden, hätte die Polizei zwischen ihm und Arnold Fleißer eine Verbindung herstellen können.«

»Aber er muss gewusst haben, dass es Uschi und ihr Sohn waren, die sich an Bord der *Cherry* aufgehalten hatten«, war Ruth überzeugt.

»Doch warum sollte Uschi ausgerechnet die *Cherry* als Fluchtfahrzeug gewählt haben?«, fragte Hagen. »Sie konnte noch nicht einmal gut segeln, wie es schien. Sonst hätte sie nicht die Kontrolle über die Yacht verloren.«

»Ich denke, sie kannte die *Cherry*, weil Martin Simmler sie mit auf Fahrt genommen hatte«, antwortete Ruth. »Er lässt sich während seiner Segelausflüge gerne von schönen Frauen begleiten, wie die Facebook-Fotos zeigen. Womöglich glaubte sie, die Yacht aufgrund dieser Ausflüge gut genug zu kennen, um damit eine Flucht zu wagen. Dass sie ihre Fähigkeiten maßlos überschätzte, dürfte ihr erst klar geworden sein, als es zu spät war.«

»Und wie kam es, dass Uschi befürchtete, dass Martin Simmler von ihrer Flucht wusste und Arnold Fleißer davon berichten würde?«

»Wahrscheinlich hielt er sich im Yachthafen auf und hatte versucht, zu verhindern, dass sich Uschi seine *Cherry* schnappte und davonsegelte«, ging Ruth auch auf diesen Einwurf ein.

»Davon erzählte Martin Simmler Arnold Fleißer jedoch gar nichts.«

»Genau«, sagte Ruth. »Hätte er es getan, hätte er riskiert, dass die Polizei während der laufenden Ermittlungen auf ihn aufmerksam wird.«

»Also erfuhr Arnold Fleißer nie vom Schicksal seiner Lebensgefährtin und ihrem gemeinsamen Kind«, schlussfolgerte Hagen. »Er ging davon aus, dass sie irgendwo untergetaucht waren und schwieg, als ihm vorgeworfen wurde, sie ebenfalls auf dem Gewissen zu haben.«

Ruth hob eine Schulter. »So in etwa könnte es abgelaufen sein.«

»Aber dann muss Arnold Fleißer kürzlich doch Lunte gerochen haben und beauftragte Fred Hofmann, in Greetsiel nachzuforschen, ob Uschi und Claas vielleicht dort ein neues Leben angefangen hatten.« Hagen zog die Augenbrauen zusammen. »Was könnte dafür bloß den Ausschlag gegeben haben?«

»Der Verkauf der *Cherry*«, antwortete Ruth.

»Und wie soll Fleißer in seiner Gefängniszelle davon erfahren haben?«

»Durch eine verschlüsselte Botschaft per Brief«, erwiderte Ruth.

Hagen griff zum Telefon. »Das werde ich gleich mal nachprüfen.« Er drückte die Wahlwiederholungstaste, nachdem er die Nummer der Bremer Justizvollzugsanstalt ausgewählt hatte.

Während Hagen mit dem Gefängnisdirektor sprach, ging Ruth zu ihrem Schreibtisch hinüber. Wenn es jemanden gab, der ihren Verdacht bestätigen konnte, dass es sich bei Martin Simmler um Arnold Fleißers Mordkomplizen handelte, dann war es Marie Ellenberg, die damals als Profilerin an dem Fall mitgewirkt hatte und den Verdacht eines Mittäters überhaupt erst in die Welt setzte.

*

Behutsam, als handelte es sich um einen hochexplosiven Gegenstand, legte Hagen das Telefon auf die Ladestation. Er zog die Hand abrupt zurück, hob beide Arme über den Kopf und versetzte seinem Bürosessel mit den Füßen einen Stoß, sodass er sich wie ein Kreisel zu drehen anfing. Während Hagen herumwirbelte, stieß er einen schrillen Laut aus, der zwischen Begeisterung und Verzweiflung hin und her schwankte. Schließlich stoppte er die Drehbewegung, als er Ruths Schreibtisch mit dem Gesicht zugewandt war.

»Was ist denn in Sie gefahren?«, erkundigte sich die Hauptkommissarin befremdet, die das sonderbare Schauspiel stirnrunzelnd verfolgt hatte.

»Ich drehe komplett durch!« Hagen rieb sich mit den Händen übers Gesicht. »Vor vier Monaten, kurz nachdem Martin Simmler seine Yacht an Boie Hansen verkauft hat, traf in der Bremer JVA für Arnold Fleißer ein anonymer Brief ein«, berichtete er. »Die Prüfer hielten das Schreiben für einen dieser befremdlichen Liebesbriefe, die Frauen manchmal an Mörder schicken, von denen sie sich angezogen fühlen. Da der Inhalt als unbedenklich eingestuft wurde, wurde der Brief Arnold Fleißer übergeben.« Hagen klaubte einen von ihm beschriebenen Notizzettel von seinem Schreibtisch auf. »Von dem Brief wurde eine Kopie gemacht und zu den Akten gelegt. Der Text ist ziemlich schwülstig und blumig. Doch zwei Zeilen haben es in sich. Und die gehen so.« Er las vom Zettel ab: »Wohin ich meine Kirsche gab, wirst du deine Liebe und ihre Frucht finden. Fischer gibt es dort viele, aber nur einer hat meine Kirsche im Netz.«

Ruth schob die Brauen in die Stirn. »Ohne Hintergrundwissen klingen diese Sätze bedeutungslos oder wie der romantisch verklärte Herzenserguss einer verliebten Person.«

»Nicht jedoch für uns«, bestätigte Hagen. »Kirsche ist eine Anspielung auf die Yacht *Cherry*, und der Satz mit den Fischern verweist auf Greetsiel.« Hagen wedelte mit dem Notizzettel. »Mithilfe des anonymen Briefs hat Martin Simmler Arnold Fleißer mitgeteilt, wo sich Uschi und Claas aufhalten könnten. Dass Uschi nicht mehr am Leben ist, konnte er nicht ahnen, da er nicht wusste, was sich wirklich an Bord seiner Yacht abgespielt hatte. Vielleicht vermutete er, dass Uschi heimlich von Bord gegangen war und in Greetsiel unter falschem Namen lebt, um in der Nähe ihres Kindes zu sein, das sie aus Sicherheitsgründen bei den Fischern aufwachsen lässt, die Claas aufgelesen hatten.«

Ruth stieß hörbar Luft aus. »Im Polizeibericht werden Sie Ihre Vermutungen bitte ausführlicher darlegen als Sie es eben in komprimierter Form von sich gegeben haben. Kein Wunder, dass Sie fast durchdrehen.«

»Deswegen schwirrt mir gar nicht der Kopf.« Hagen sah seine Chefin durchdringend an. »Der Gefängnisdirektor hat mir mitgeteilt, dass Arnold Fleißer heute Morgen aus der Krankenstation des Gefängnisses ausgebrochen ist und sich nun auf der Flucht befindet!«

»Wie bitte?« Ruth starrte ihren Partner entgeistert an. »Das kann doch wohl nicht wahr sein!«

»Ist es aber. Die Suche nach dem Geflohenen läuft auch Hochtouren. Man wird uns informieren, wenn er gefasst wurde.«

»Womöglich wird Arnold Fleißer versuchen, sich bis nach Greetsiel durchzuschlagen«, mahnte Ruth. »Fred Hofmann wird ihn mit den verschlüsselten Postkartentexten über alles aufgeklärt haben, was er über seinen Sohn herausgefunden hat!«

»Das habe ich dem Direktor bereits gesagt.«

Ruth schüttelte gestresst den Kopf. »Die Hansens müssen Deddo unbedingt finden. Alice soll den Jungen anschließend sicherheitshalber in Gewahrsam nehmen, bis sein leiblicher Vater gefasst wurde.«

Hagen stand auf. »Ich werde das sofort in die Wege leiten und Alice entsprechend instruieren.«

»Und dann statten wir Marie Ellenberg in ihrer Wohnung einen Besuch ab!«, rief Ruth ihrem davoneilenden Partner hinterher. »Sie geht nicht ans Telefon, und ihre Sekretärin, mit der ich eben telefoniert habe, macht sich Sorgen um sie. Wir werden nach dem Rechten sehen und Frau Ellenberg fragen, ob Martin Simmler tatsächlich der Komplize von Arnold Fleißer sein könnte.«

*

Hagen hämmerte mit der Faust so lange gegen die Wohnungstür, bis auf der anderen Seite ein Schlüssel im Schloss herumgedreht wurde. Das Türblatt glitt einen Spaltbreit auf und aus der Dunkelheit der Wohnung blickte den Kriminalisten Marie Ellenbergs verschlafenes Gesicht entgegen.

»Was soll dieser Krach?«, fragte sie mürrisch.

»Wir müssen Sie in einer dringenden Angelegenheit sprechen«, erklärte Ruth und drückte die Tür ein bisschen weiter auf.

Marie Ellenberg wich schlaftrunken zurück. Sie war barfuß und in einen gestreiften Schlafanzug gekleidet. »Wenn es denn unbedingt sein muss.« Ärgerlich drehte sie sich um und tapste den Flur entlang.

Ruth und Hagen streiften die Schuhe ab, ehe sie der Psychologin ins Wohnzimmer folgten. Marie zog die Vorhänge auf, woraufhin der esoterisch angehauchte Raum mit freundlichem Sonnenlicht geflutet wurde.

Ruth, die keine Lust verspürte, sich erneut mit einem auf dem Boden liegenden Sitzkissen zu begnügen, ließ sich unaufgefordert auf der Couch nieder. Hagen nahm hingegen artig auf einem der Spiegelkissen Platz.

»Wo drückt denn der Schuh?«, fragte Marie unleidig und blieb unschlüssig am Fleck stehen.

Hagen übernahm es, von Martin Simmler zu berichten, wobei er sich diesmal bemühte, nicht alle Informationen in einen einzigen Satz zu packen. Marie hörte konzentriert zu. Ihre Zehen wühlten dabei in den Zotteln des Flokati, und hin und wieder fuhr sie sich mit den Fingern durch ihr unordentliches Haar.

»Halten Sie es für möglich, dass es sich bei Martin Simmler um Arnold Fleißers Mordkomplizen handelt?«, schloss Hagen seinen Bericht mit einer Frage.

»Durchaus.« Marie wirkte nun ein bisschen wacher. »Arnold Fleißer ist ein Teufel, ein Monster, das aus purem Vergnügen tötete«, sagte sie mit Abscheu in der Stimme. »Die Morde, die wir aufzuklären hatten, deuteten auf eine rohe, brutale Psyche des Täters hin. Meiner Einschätzung nach war der gesuchte Mörder viel zu derb und primitiv, um diese wohldurchdachten Tötungen ohne fremde Hilfe zu inszenieren. Dieser Unhold musste einen ebenso kranken Komplizen haben, der ihm zuarbeitete, aber nicht direkt an den Morden beteiligt war, doch sehr wohl seinen Spaß dabei hatte.« Marie zuckte müde mit den Schultern. »Für diesen Aspekt meiner Einschätzung wurden jedoch keinerlei Indizien gefunden, und so wurde dieser Sache nicht weiter nachgegangen. Arnold Fleißer konnte als Täter schließlich identifiziert und verhaftet werden. In den späteren Verhören und Ermittlungen ergaben sich dann auch keine Anhaltspunkte, dass es diesen von mir vermuteten Komplizen geben könnte.«

»Aber nun haben wir womöglich einen gefunden«, sagte Hagen und rutschte auf seinem Spiegelkissen unruhig hin und her.

Marie rieb sich den Oberarm. »Ich war immer davon überzeugt, dass es den gab. Dieser Mittäter zog keine Befriedigung aus dem Tötungsakt, darum beteiligte er sich auch nicht aktiv daran. Das hat er Arnold Fleißer, dem Tier, überlassen. Es genügte ihm, die Opfer auszuspähen und Informationen über sie zu sammeln, sodass Fleißer später leichtes Spiel hatte. Er war eine treibende Kraft im Hintergrund, und das genügte ihm. Und er war intelligent genug, keine Spuren zu hinterlassen, die auf ihn weisen könnten.«

»Warum, meinen Sie, hat Arnold Fleißer seinen Komplizen später nicht verraten?«, wollte Ruth wissen.

»Weil ein Kodex zwischen ihnen bestand, der genau dies zum Inhalt hatte: den anderen niemals zu verraten, was auch kommen mochte.« Marie seufzte. »Es wäre wünschenswert, wenn Sie diese Person jetzt wirklich aufgespürt hätten.«

Verwundert über den resignierten Ton in der Stimme der Psychologin, stützte Ruth den Ellenbogen auf ein Polsterkissen. Ein Knistern wie von Papier drang dabei an ihre Ohren. Sie griff hinter das Kissen und zog einen Aktenordner hervor. Es handelte sich um Deddo Hansens Unterlagen, die Marie tags zuvor hinter das Kissen gesteckt hatte und dort von ihr dann anscheinend vergessen worden waren.

Mit hastigen Schritten eilte Marie herbei. »Geben Sie das her!«, fauchte sie ungehalten und riss Ruth den Ordner aus der Hand. Dabei ging sie so unwirsch vor, dass ihr die Mappe aus den Fingern glitt und auf den Couchtisch fiel. Der Schwung ließ den Aktendeckel aufklappen und die Seiten schlugen um. Ein Blatt, das schwerer als die anderen war, weil Blut daran haftete, blieb offen sichtbar liegen. Ein roter Handabdruck zeichnete sich deutlich darauf ab. Der Abdruck einer rechten Hand, der der Ringfinger ab dem ersten Gelenk fehlte.

*

Geschockt und unfähig das Gesehene in Worte zu fassen, starrten Ruth Fasan, Hagen Reese und Marie Ellenberg die blutbesudelte Seite an.

»Wenn mich nicht alles täuscht, ist das der Abdruck von Fred Hofmanns rechter Handfläche«, war es schließlich Hagen, der das Schweigen brach.

Marie schien plötzlich die Kraft aus den Beinen zu weichen, sie knickten in den Knien unter ihr ein und sie sank auf das Sitzkissen neben Hagen nieder. Blicklos stierte sie die auf dem Couchtisch liegende Akte an.

Ruth zog die Mappe zu sich heran und versuchte, den Text auf der besudelten Seite zu entziffern. Obwohl die Sätze teilweise von getrocknetem Blut verdeckt wurden, erschloss sich ihr deren Inhalt dennoch. »Sie haben in Deddos psychischer Verfassung Anzeichen für destruktives Verhalten gefunden?«, fragte sie die Psychologin. »Sie befürchten, dass kriminelle Energie in ihm freigesetzt werden könnte, wenn er schädlichen Einflüssen ausgesetzt würde?«

Marie presste die Lippen hart aufeinander und sagte keinen Ton.

»Fred Hofmann hatte diese Akte offensichtlich wohl doch aus Ihrer Praxis entwendet«, schlussfolgerte Hagen. »Auf jeden Fall hatte er sie nachweislich in den Händen, als er ermordet wurde!«

Marie nickte schlafwandlerisch. »Er hat mich in Hamburg angerufen und erzählt, dass er herausgefunden hätte, dass Deddo Arnolds Fleißers Sohn ist.« Ihr Kinn zitterte. »Er bot mir an, diese Information nicht an Herrn Fleißer weiterzugeben, wenn ich ihm Geld zahlte.« Sie atmete tief durch. »Er wusste anhand meiner Notizen in Deddos Akte, dass ich bestimmt bereit wäre, die Summe zu zahlen, die er mir nannte. Er wusste auch, dass ich als Profilerin mitgewirkt hatte, um Arnold Fleißer das Handwerk zu legen. Fleißer selbst hatte es ihm offenbar erzählt, als sie sich eine Zelle teilten.«

Ruth schlug die Akte zu. »Aber Sie hatten nicht vor, sich von diesem Gauner erpressen zu lassen, nicht wahr?«

Marie blickte Ruth mit plötzlich wachen Augen an. »Es ging mir nicht um das Geld. Ich musste Deddo vor seinem Vater schützen!«

»Und Sie trauten Ihrem Erpresser nicht.«

Marie verzog geringschätzig den Mund. »Natürlich nicht. Ich war einmal Profilerin und durchschaute diesen Burschen darum sofort. Er würde die Information trotzdem an Arnold Fleißer weitergeben. Mich zu erpressen, war bloß ein Versuch, zusätzliches Geld aus dieser Sache rauszuschlagen.«

»Dennoch ließen Sie sich darauf ein.«

Maries Blick schweifte ab, sie wirkte plötzlich wie abwesend.

»Es hat keinen Sinn zu leugnen, dass Sie Fred Hofmann getötet haben«, sagte Ruth. Sie deutete um sich. »Ich bin mir sogar sicher, dass die Kollegen der Spurensicherung die Tatwaffe und die

Gegenstände, die Sie Fred Hofmann abgenommen haben, in Ihrer Wohnung finden werden.«

In Maries Augen schimmerte es feucht und ihre Lippen bebten. »Ich verabredete mich mit Rainer Engel, wie er sich nannte, um Mitternacht im Greetsieler Hafen«, berichtete sie monoton. »Er wollte mich beim Löschkai treffen, weil es dort keine Überwachungskameras gibt.« Sie schlug den Blick nieder. »Ich stahl mich von der feuchtfröhlichen abendlichen Feier in einem Hamburger Nachtclub fort und fuhr durch bis nach Greetsiel. Tatsächlich schaffte ich es, mich um Mitternacht beim verabredeten Treffpunkt einzufinden. Ich war gut vorbereitet und zu allem entschlossen – und ich fackelte nicht lange.« Sie schlug die Hände vors Gesicht. »Ehe dieser Gauner auch nur ein Wort sagen konnte, stach ich ihn nieder«, kam es gepresst zwischen ihren Fingern hervor. »Er hielt Deddos Akte in den Händen, als er starb. Dabei kam es zu dieser … Verunreinigung.« Marie ließ die Arme sinken. »Ich verfrachtete die Leiche in den Anhänger für den Beifang. Es schien mir irgendwie sinnvoll, diesen Verbrecher dort abzulegen, wo auch der Gammel gesammelt wurde. Anschließend fuhr ich zurück nach Hamburg. Ich erreichte die Hansestadt gerade noch rechtzeitig, um mich morgens beim Symposium blicken zu lassen.«

»Und die Akte, was geschah damit?«, wollte Hagen wissen.

»Ich warf sie zusammen mit dem Messer und dem anderen Kram aus Rainer Engels Taschen in den Kofferraum meines Autos. Später ließ ich es dann so aussehen, als hätte ich Deddos Mappe versehentlich zwischen meine Schallplatten gelegt.«

Ruth schob den Ordner mit spitzen Fingern über den Tisch. »Sie wollten uns glauben machen, Clara Soßt hätte Rainer Engel auf dem Gewissen. Dies war einer Person gegenüber, die Ihnen vertraute, ziemlich unfair, finden Sie nicht auch?«

Marie legte sich unbehaglich eine Hand in den Nacken. »Ich habe es für Deddo getan. Er sollte aus Ihren Ermittlungen rausgehalten werden.«

Hagen wechselte in den Schneidersitz. »Fred Hofmann sollte in Arnold Fleißers Auftrag herausfinden, was aus seiner Lebensgefährtin und ihrem gemeinsamen Kind geworden ist«, resümierte er in einem Tonfall, als müsse er sich diese Fakten laut vorsagen, um sie besser zu verstehen. »Er verfügte allerdings nur über dürftige Informationen, die Greetsiel und die Segelyacht *Cherry* betrafen. Als er dann Clara Soßt auf dem Greetsieler Friedhof über den Weg lief, glaubte er, in ihr Uschi Tieck zu erkennen. Allerdings begriff er schnell, dass er sich täuschte und diese Frau nicht mit der Person auf dem Foto identisch war, das Fleißer ihm anvertraut hatte und auf dem Uschi und Claas zu sehen waren. Er mochte Clara offenbar sehr und bandelte mit ihr an – für ihn eine glückliche Fügung wie sich zeigte, denn Claras Mutter hatte zu ihren Lebzeiten eine Chronik über Greetsiel verfasst. Darin hoffte Fred nun Hinweise über den Verbleib von Uschi und Claas zu finden. Allerdings musste er die Dokumente stehlen, weil Clara sie ihm nicht zugänglich machen wollte. Die Mühe hatte sich für ihn aber gelohnt, denn er fand in den Chronikbänden der entsprechenden Jahre tatsächlich Informationen über die *Cherry* und den geretteten zweijährigen Jungen, bei dem es sich zweifelsohne um Claas handeln musste.« Hagen verzog den Mund. »Wahrscheinlich glaubte Fred, sich verlesen zu haben, als er in diesem Zusammenhang auf den Namen jener Profilerin stieß, die half, Arnold Fleißer hinter Gittern zu bringen. Und zu allem Überfluss war diese Frau auch noch die Therapeutin von Fleißers Spross.«

»Was soll diese Aufzählung?«, fragte Marie unbehaglich.

Hagen fuhr an die Psychologin gerichtet unverdrossen fort: »Fred Hofmann musste dieser Sachverhalt neugierig gemacht haben. Er wollte unbedingt wissen, was Deddo und Sie zu besprechen hatten. Wie er schließlich an diese Informationen herankam, ist bekannt. Und auch diesmal erwies sich der Diebstahl für Fred Hofmann als lohnend. Er fand in Ihren Unterlagen Ihren Schwachpunkt und beschloss, den zu verwenden, um Sie zu erpressen.«

»Warum muss ich mir das eigentlich alles anhören?«, stieß Marie ungehalten aus.

Auch jetzt ließ Hagen sich nicht beirren. »Als Nächstes wollte Fred Hofmann herausfinden, was aus der *Cherry* geworden war. Dies herauszufinden, war nicht ganz einfach, da die Yacht inzwischen umbenannt wurde und jetzt den Namen *Hänschen* trug. Diese Informationen erbeutete Herr Hofmann während des Einbruchs ins Büro des Yachthafenmeisters.« Hagen hob die Hände. »Et Voilà«, sagte er abschließend. »Fred Hofmann hatte seinen Auftrag halbwegs zufriedenstellend erledigt und herausgefunden, was aus Claas geworden war und wo er jetzt lebte. Dabei hatte er sogar auch noch eine Möglichkeit gefunden, nebenbei durch Erpressung einen Batzen Geld in die Finger zu kriegen.«

Marie Ellenberg bedachte Hagen mit einem frostigen Blick. »Warum quälen Sie mich mit diesen Einzelheiten?«

»All diese Informationen ließ Fred Hofmann seinem Auftraggeber durch verschlüsselte Postkartentexte zukommen«, übernahm Ruth, ehe Hagen eine Antwort auf die Frage der Psychologin einfiel. »Irgendeine Entlohnung wird für ihn dabei bestimmt herausgesprungen sein.«

Hagen meldete sich erneut zu Wort: »Sie haben sich in Fred Hofmann nicht getäuscht, als Sie vermuteten, dass er Arnold Fleißer so oder so von Deddo berichten würde. Nur tat er dies viel früher, als Sie erwartet haben.«

Maries Kopf ruckte zu Hagen herum. »Ist das wahr?«

Hagen nickte bedauernd. »Fred Hofmann hatte Arnold Fleißer längst Bericht erstattet, als er Sie zu erpressen versuchte.«

Marie ballte zornig die Fäuste. »Dieser Schuft!«

»Und jetzt ist Arnold Fleißer aus dem Gefängnis ausgebrochen und womöglich auf dem Weg hierher«, fügte Hagen an.

Geschockt sprang Marie auf. »Er darf seinen Sohn nicht treffen!«, rief sie aufgebracht. »Er wird Deddo mit seiner bösen Psyche vergiften und die verbrecherische Energie entfachen, die in ihm schlummert. Das darf nicht geschehen!«

Hagen erhob sich ebenfalls. »Ziehen Sie sich bitte Straßenkleidung an«, sagte er. »Wir verhaften Sie wegen des Mordes an Fred Hofmann.«

Als er der Psychologin wenig später eine Stahlacht um die Handgelenke legte, klärte er sie über ihre Rechte auf.

Ruth, die sitzen geblieben war zog jetzt ihr Handy aus der Hosentasche. Anschließend wählte sie Alice Bergmanns Mobilfunknummer. Die Streifenpolizistin meldete sich umgehend.

»Wurde Deddo Hansen inzwischen gefunden?«, erkundigte sich Ruth.

»Nein, aber ich weiß vermutlich, wo er sich aufhält«, erwiderte Alice. »Ich befinde mich gerade im Yachthafen und unterhalte mich mit Bernd Forker. Wie es aussieht, ist Deddo mit seinem Boot kürzlich Richtung Meer aufgebrochen.«

»Ganz allein, ohne seinen Segellehrer?«, wunderte sich Ruth.

»Es befindet sich noch eine weitere Person an Bord der *Hänschen*«, hörte Ruth die Streifenpolizistin mit rauer Stimme sagen. »Das hat mir der Schleusenwärter gerade telefonisch bestätigt. Er nahm an, es würde sich um den Yachthafenmeister handeln und ließ die *Hänschen* daraufhin passieren. Ich wollte Sie eigentlich gerade anrufen, um Ihnen Bericht zu erstatten, doch Sie sind mir mal wieder zuvorgekommen.«

Jetzt war es Ruth, die wie von einem Taschenkrebs gezwickt aufsprang. »Kommen Sie sofort zu Marie Ellenbergs Wohnung und helfen Sie Hagen, die Psychologin in die Arrestzelle zu sperren», sprach sie in ihr Handy. »Ich brauche den zivilen Einsatzwagen, um schnellstmöglich zum Löschkai zu fahren!« Sie wartete nicht ab, ob Alice womöglich eine Frage hatte, unterbrach die Verbindung und wählte Felix' Handy an.

»Mach die *Radbod* startklar«, wies sie den Kapitän der Wasserschutzpolizei an, als dieser den Anruf entgegennahm. »Wir müssen sofort in See stechen. Alles weitere erkläre ich dir, wenn ich an Bord komme!«

Ruth stopfte das Smartphone zurück in ihre Hosentasche. Ohne eine Erklärung abzugeben, stürmte sie aus dem Zimmer. An Hagens und Maries besorgten Gesichtern konnte sie ablesen, dass sie ahnten, was die Stunde geschlagen hatte.

*

Noch nie zuvor war Ruth die Strecke vom Greetsieler Hafen bis zur Leysielschleuse so lang vorgekommen. Obwohl die *Radbod* dem Lauf des Leyhörner Sieltiefs in hoher Geschwindigkeit folgte, kam es ihr wie eine halbe Ewigkeit vor, bis sie das Schleusenwerk endlich erreichten. Die Abwicklung nahm dann noch einmal qualvolle Minuten in Anspruch. Als das Polizeiboot kurz darauf aufs Wattenmeer hinausfuhr, ließ Felix volle Kraft auf den Antrieb geben. Die *Radbod* jagte schaumspritzend über die Wellen. Es herrschte auflaufende Flut, doch dank der kräftigen Motoren wirkte sich die Gegenströmung kaum nachteilig auf die Geschwindigkeit aus.

Der Erste Maat beugte sich über den Bildschirm des Radars. Mehrere Ortungsschatten wurden darauf angezeigt. »Das hier wird die *Hänschen* sein«, sagte er und deutete auf einen kleinen wiederkehrenden Punkt.

Felix korrigierte den Kurs des Streifenboots daraufhin. Wenig später waren voraus die weißen Dreiecke einer Bootsbesegelung zu sehen. Die Yacht lag gut im Wind und kam schnell voran. Dennoch holte die *Radbod* rasch auf.

Ruth, die sich zusammen mit Felix vor dem Kommandostand aufhielt, hob ein Fernglas an die Augen. Sie drehte am Regulierungsrad, bis die Yacht klar und deutlich zu sehen war. »Es ist die *Hänschen*«, sagte sie. »Deddo sitzt am Steuerruder. Ein weiterer Mann hält die Leine des Großsegels.«

Sie fokussierte das Fernglas auf den Fremden. Das kurz geschorene Haar betonte die Eckigkeit des Schädels und die hageren Gesichtszüge. Es bestand kein Zweifel: Dieses Gesicht hatte Ruth auf zahlreichen Aufnahmen in den Polizeiunterlagen gesehen. Die Kleidung war Arnold Fleißer offenkundig ein wenig zu klein. Ruth vermutete, dass er sie auf der Flucht irgendwo gestohlen hatte und ihm dabei keine große Auswahl zur Verfügung gestanden hatte.

»Arnold Fleißer ist bei dem Jungen«, berichtete sie und zog verärgert die Stirn kraus, als sie jetzt gewahr wurde, dass der flüchtige Sträfling das sich nahende Polizeiboot gesichtet hatte. Arnold verließ seinen Posten, näherte sich Deddo und redete auf ihn ein. Es kam Ruth vor, als stritten Vater und Sohn. Deddo verließ das Steuerruder, und mit ein paar raschen Handgriffen ließ er die Segel aus dem Wind fallen. Sie flappten hin und her und die Yacht verlor rasch an Geschwindigkeit.

»Deddo stoppt die Fahrt!«, erkannte Ruth.

»Das sehe ich«, erwiderte Felix, der die Szene ebenfalls durch ein Fernrohr verfolgte. »Die Yacht treibt jetzt antriebslos auf den Wellen.«

Das Streifenboot war der *Hänschen* jetzt so nahe gekommen, dass kein Fernglas mehr nötig war, um Einzelheiten zu erkennen. Trotzdem glaubte Ruth, ihren Augen nicht zu trauen, als Arnold sich von Deddo plötzlich abwandte, kopfüber ins Wasser sprang und von den Fluten verschluckt wurde. Einen Atemzug später darauf tauchte er kurz auf, ruderte unkoordiniert mit den Armen und ging erneut unter.

»Sieht aus, als könnte er nicht schwimmen«, kommentierte Felix.

Im selben Moment schnellte sich Deddo von der Yacht ab und sprang ebenfalls ins Wasser. Er kraulte ein Stück und tauchte dann genau dort ab, wo sein Vater untergegangen und seitdem nicht wieder zum Vorschein gekommen war.

Der Steuermann drosselte die Geschwindigkeit und ließ das Polizeiboot quer auf die Stelle zugleiten, wo die beiden Männer zuletzt gesichtet wurden.

Ruth eilte aus dem Steuerhaus und stellte sich an die Reling. »Da. Da sind sie!«, rief sie, als zwei Köpfe aus dem Wasser auftauchten.

Deddo hielt seinen Vater fest im Griff, damit er nicht erneut unterging. »Er ist wie meine Mutter!«, rief er zu Ruth herüber. »Er kann nicht schwimmen!«

Felix warf ihm einen an einer Leine befestigten Rettungsring zu und Nina Bercher sprang hinterher. Die erfahrene Polizeitaucherin war eine ausgezeichnete Rettungsschwimmerin. Sie nahm Deddo den sich sträubenden Mann ab und zog ihn mit kräftigen Schwimmbewegungen auf die *Radbod* zu. Während Deddo sich an den Rettungsring klammerte, half Felix seiner Taucherin, den entflohenen Häftling an Bord zu hieven.

»Lassen Sie mich!«, schrie Arnold, hustete und spuckte und versuchte, die helfenden Hände von sich zu stoßen. »Ich habe den Tod verdient und will genau so sterben, wie Uschi, die Mutter meines Sohnes, gestorben ist!«

Ruth half Deddo, an Bord zu klettern. Er nickte ihr dankend zu und trat dann mit triefendnasser Kleidung vor seinen auf den Planken kauernden Vater. »Nach allem, was du mir erzählt hast, ist das Einzige, was du verdient hast, für deine Taten zu büßen«, sagte er atemlos und mit aufgewühltem Gesicht. Er wandte sich ab. »Ich bin fertig mit diesem Mann«, sagte er zu Ruth, während diese ihm eine wärmende Decke über die Schultern legte. »Er wollte sich mit mir aussprechen – darum bin ich mit ihm rausgefahren. Wir hatten uns einiges zu erzählen.« Er schüttelte betrübt den Kopf. »Noch nie in meinem Leben bin ich einem so armseligen Menschen begegnet.«

Ruth übergab Deddo in Ninas Obhut und drehte sich zu Arnold Fleißer um, der bereits Handschellen trug und ebenfalls mit einer Decke ausgestattet wurde.

»Martin Simmler«, sagte sie bloß und zog damit augenblicklich Arnolds ungeteilte Aufmerksamkeit auf sich. »Es wird Zeit, Ihren Kodex abzulegen, Herr Fleißer, und dafür zu sorgen, dass dieser Mann für seine Taten ebenfalls die Strafe erhält, die er verdient.«

Arnold schüttelte vehement Wassertropfen aus seinem Gesicht. Es war allerdings keine verneinende Geste, wie Ruth zuerst befürchtet hatte. »Ich werde es um meines Sohnes willen tun«, sagte er mit fester Stimme. »Er ist ein guter Junge. Ich könnte es nicht ertragen, wenn er nur Schlechtes über mich denkt. Also ja. Zum Teufel mit Martin Simmler und unserem verfluchten Kodex!«

Ruth fühlte eine wohlige Gänsehaut ihre Arme hinabkriechen, als sie begriff, wie sehr Marie Ellenberg sich in Deddo getäuscht hatte. Da war keine in ihm schlummernde verbrecherische Energie, die bei Kontakt mit seinem »bösen« Vater augenblicklich erwachen würde. Vielmehr überwog das Gute in ihm so sehr, dass Deddo umgekehrt in Arnold eine Saite zum Klingen gebracht hatte, die ihm offenbar das erste Mal Reue für seine schlimmen Verbrechen empfinden ließ.

Eine halbe Stunde später kehrte die *Radbod* mit der *Hänschen* im Schlepptau und einem entflohenen Strafgefangenen an Bord in den Greetsieler Hafen zurück.

*

Hagen Reese hielt in seinem Tun inne. Eben noch hatte er eifrig die Computertastatur bearbeitet, um an seinem Polizeibericht zu feilen, jetzt aber ruhten seine Finger. Mit nachdenklicher Miene wandte er sich Ruth Fasan zu, die an ihrem PC einen Brief an Staatsanwalt Lindau verfasste.

»Wissen Sie, worüber ich mich im Mordfall Fred Hofmann am meisten wundere?«, setzte er an.

»Nein«, sagte Ruth aufrichtig, während sie fortfuhr, Text in die Tastatur einzugeben.

»Warum hat Martin Simmler sich darauf eingelassen, seine Yacht an Boie Hansen zu verkaufen?«, fragte Hagen. »Durch diesen Transfer und seinen anonymen Brief, den er deswegen an Arnold Fleißer schickte, hat er diese ganze Sache ins Rollen gebracht. Und nun wurde er wegen Unterstützung mehrerer Morde sogar in Untersuchungshaft genommen. Hätte er das nicht vorhersehen können?«

Ruth ließ die Hände über den Tasten schweben. »Ich denke, er wollte gesehen und vielleicht sogar auch endlich geschnappt werden«, sagte sie und blickte über den Bildschirm hinweg zum Sprossenfenster hinüber. Es war ein windiger Tag, und die Schatten der Wolken huschten eilig über die Plätze und durch die Straßen und Gassen des Fischerdorfs. »Sechzehn Jahre hat er das Wissen über seine Mitschuld mit sich herumgetragen, nie ein Wort darüber verloren.« Sie drehte sich Hagen zu. »Womöglich hat es ihn gewurmt, dass sein Zutun zu diesen Morden nie aufgedeckt wurde. Diese Art der Anerkennung wurde ihm verwehrt. Und glauben Sie mir, fast jeder Verbrecher giert innerlich heimlich danach, Anerkennung für seine Taten zu finden.«

Hagen furchte nachdenklich die Stirn. »Martin Simmler handelte also aus einem unbefriedigten Gefühl heraus? Warum hat er sich denn dann der Polizei nicht einfach gestellt? Warum diese Winkelzüge?«

»Weil er sich nicht einfach einem gewöhnlichen Kriminalisten offenbaren wollte«, erwiderte Ruth. »Er hoffte auf Kriminalbeamte, die ihm überlegen waren, die der Herausforderung gewachsen waren, ihn zu entlarven und dingfest zu machen.«

Hagen nickte wichtigtuerisch. »Kommissare wie wir«, sagte er nicht ohne Stolz in der Stimme. »Leute, die genug Hirnschmalz und Chuzpe besitzen, um einen gewieften Ganoven wie ihm das Handwerk zu legen.«

»So ist es.«

Hagen warf seiner Chefin einen anerkennenden Blick zu. »Sie lagen goldrichtig mit Ihren Überlegungen. Simmler hat zu Protokoll gegeben, dass er Uschi noch davon hatte abhalten wollen, sich gemeinsam mit ihrem zwei Jahre alten Sohn mit seiner *Cherry* auf und davon zu machen. Und was die Mordwaffe und die anderen Beweisstücke anbelangt, hatten Sie ebenfalls recht. Marie Ellenberg hatte die tatsächlich in ihrer Wohnung versteckt.«

»Ich bin ja nicht allein darauf gekommen«, erwiderte Ruth. »Sie haben genauso viel dazu beigetragen, diesen Mordfall aufzuklären.« Sie setzte sich zurecht. »Und jetzt sollten wir uns darauf konzentrieren, die Polizeiberichte fertigzustellen. Die werden nämlich dringend benötigt, um Martin Simmler und Marie Ellenberg den Prozess zu machen.«

ENDE

134

Taschenbuch-ISBN: 978-3-96586-866-3
eBook-ISBN: 978-3-96586-867-0

»Die Leiche in Greetsiel«, Band 10
Taschenbuch-ISBN: 978-3-96586-926-4
eBook-ISBN: 978-3-96586-927-1

»Die Leiche bei der Geburtstagsfeier«, Band 11
Taschenbuch-ISBN: 978-3-96586-966-0
eBook-ISBN: 978-3-96586-967-7

»Die Leiche am Greetsieler Hafen«, Band 12
Taschenbuch-ISBN: 978-3-68975-026-8
eBook-ISBN: 978-3-68975-027-5

»Die Leiche im Beifang«, Band 13
Taschenbuch-ISBN: 978-3-68975-104-3
eBook-ISBN: 978-3-68975-105-0

Klarant Verlag

Lernen Sie die Ostfrieslandkrimi-Titel des Klarant Verlages kennen und besuchen Sie uns im Internet unter:

www.ostfrieslandkrimi.de

und

www.klarant.de

Sie können dort Näheres über unsere Autorinnen und Autoren erfahren, viele weitere interessante Bücher und eBooks finden und Leseproben herunterladen. Mit dem kostenlosen Newsletter auf

www.ostfrieslandkrimi-lesen.de

erhalten Sie aktuelle Informationen rund um das Verlagsprogramm, wie beispielsweise spannende Neuerscheinungen und Gewinnspiele.